Almut Weitze

Eine kleine Schwäche

Bibliografische Information der Deutschen Nationalbibliothek: Die Deutsche Nationalbibliothek verzeichnet diese Publikation in der Deutschen Nationalbibliografie; detaillierte bibliografische Daten sind im Internet über http://dnb.dnb.de abrufbar.

© 2015 Almut Weitze
Herstellung und Verlag:
BoD - Books on Demand, Norderstedt

ISBN: 978-3-7386-4585-9

Inhalt

                         Seite

Alltagsporträts   7

    Das Fenster   9

    Eine kleine Schwäche   13

    Das breite Grinsen   15

    Bleibende Gegenwart   18

    Heimatlos   20

    Das Café   24

    Nur die Familie   27

Spiegel-, Zerr- und Scheinbilder   29

    Das Loch   31

    Email   34

    Die Anstalt   39

    Das Spielzeug   46

    Der Keller   57

Traumzyklus 63

- Wenn ich sterbe, stirbst auch du 65
- Der Übermensch 67
- Das Nicht-Bild 70
- Der Anschlag 73
- Die Straße 75
- Das Kind 77
- Todeszelle 79
- Der Stein 80
- Labyrinth 82
- Der Mittelpunkt 84
- Pygmalion 86
- Die Fahrt 90

Alltagsporträts

(2005)

Das Fenster

Ich sehe sie. Wie sie mit zwei Einkaufsbeuteln in der linken, einem Stock in der rechten Hand auf gekrümmten Beinen in Richtung Stadtzentrum wackelt. Sie trägt noch immer ihren dunkelblauen Rock und die hellblaue Strickjacke. Ab und zu bleibt sie stehen, um den Neuigkeiten alter Bekannter zu lauschen. Ihre großen, feuchten Augen blicken aufmerksam und tragen doch eine stete, tiefe Traurigkeit in sich. Eine Traurigkeit, die mir Angst macht.

Da! Der graue Sims. Mein linker Fuß stößt sich ab. Schnell umfassen meine Hände den warmen, roten Backstein vorm Fenster. Schnell klopft die rechte Faust gegen die Scheibe, die in einem Lachen birst.

Warum bin ich vorbeigegangen?

Drei Blöcke Umdrehen. Drei Blöcke Winken. Drei Blöcke ungelenkes Kreisen einer faltigen, starken Hand. Jedes Mal die Freude, sie noch zu sehen und ihr doch immer ferner zu sein.

Sie macht Heringssalat mit Fischrogen und bäckt Eierkuchen. Hauchdünn, auf beiden Seiten gut gebräunt. Die besten der Welt! Keiner kann das. Keiner wollte es je lernen. Ich sehe nicht zu, wie sie in die Pfanne kommen. Ich will sie nur umdrehen. Viele hat sie davon gemacht. Nicht einmal drei Personen hätten die an einem Tage essen können. Mit Speck fängt man Mäuse!

Jedes Klopfen ein Lächeln. Jedes Klopfen ein Eis. Sie geht mit mir ins Kino. In den Zirkus. In den Zoo. Ich laufe, laufe, laufe und sehe, sehe alles. Sie sitzt, döst und isst Kekse aus einer Tüte, die meine Finger nur zu gut kennen. Sie schläft in Gesellschaft. Als könne sie nicht ohne schlafen. Ich schlafe nicht. Ich träume.

Jedes Klopfen eine Münze. Ich mag das Geld nicht. Ich liebe kleine Ausflüge auf wackligen Beinen und die große, schwere Hand, die ich vom Sims erreiche. Manchmal hält sie mich, wenn ich aufs Schuppendach klettere und nach heruntergefallenen Haselnüssen suche. Die teilen wir uns dann.

Ihre Wohnung ist einfach. Zwei Zimmer, eine Küche mit einem großen Tisch, der den ganzen Raum ausfüllt. Dahinter eine kleine Räucherkammer, in der ich einen Schatz vermute. Sie teilt sich das Bad mit den Nachbarn. Deswegen wäscht sie sich manchmal lieber in einer Schüssel in der Küche. Sie hat nicht viele Sachen. Doch was sie trägt, trägt sie gern. Sie sagt, sie braucht nicht mehr und steckt zwei Bonbontüten in meinen Rucksack. Aus einem Kofferradio dudelt Musik.

Ständig lauert sie auf Klopfzeichen. Fenster sind bei ihr wie Türen. Ihre Bekannten erkenne ich schon an der Art, wie sie ans Glas schlagen. Sie alle drücken die große, offene Hand. Nicht jeder drückt sie gleich. Hände sind blind.

Ich habe so getan, als hätte ich sie nicht gesehen.

Ich habe Angst, wenn ich allein nach Hause komme. Nein, ich fürchte mich nicht vor der Wohnung, nur vor dem Dunkel hinter der Tür.

Manchmal ist es anders. Die Luft trägt einen beruhigenden Geruch. Sie ist hier. Nein, sie war hier. Alles finster und die Meerschweine geben keinen Laut von sich. Kein Pfeifen und Quieken. Das konnte nur eines heißen: Sie hatte einen großen Futterbeutel dagelassen. Der reichte glatt für drei bis vier Tage! Sie hatte ihn gepflückt. Sie pflückt nicht gern, weil sie sich nicht gut bücken kann. Ich pflücke auch nicht gern. Und ich bin nicht da gewesen.

Niemand saß auf der Couch, raschelte in Tüten gefüllt mit Anisplätzchen, klapperte mit dem Gebiss oder schlief ein und fing an zu schnarchen, während ich meine Schularbeiten erledigen musste. Das Gras würde eine halbe Woche reichen! Sie hatte gewartet. Zehn Minuten, eine halbe Stunde vielleicht. Drei Tage ohne große, tiefe Augen. Ich füttere und mache meine Hausaufgaben.

Ich gehe nicht gern hinein, nicht gern um die Ecke, hinter der ich mich versteckte, als die Zeit noch ewig war. Ich erschrecke sie nicht mehr mit lautem Lachen. Ich erstaune sie mit leisem Lächeln.

Das Fenster umrahmt ihren Kopf, der stets den Gesprächen der Straße zugewandt ist. Sie lauscht jetzt fremdem Lachen. Ich gehe weiter. Auf der anderen Straßenseite. Drehe mich nicht um. Hat sie mich gesehen? Ich laufe. Keine Zeit! Keine Zeit. Hat sie? Ich weiß es nicht. Ich traue mich nicht. Der Blick ist mir zu tief.

Selten sehe ich sie noch. Doch immer nur ihren Rücken und die leicht rötliche Dauerwelle. Wie sie meinen Augen entschwinden, verblassen in der Herbstsonne, die auf den Asphalt scheint, im Wind, der die letzten Blätter im Rinnstein davonbläst, die Straße hinunter, drei Blöcke und um die Ecke.

Eine kleine Schwäche

Sie sitzt in der Ecke, ruhig, lächelnd. Sie beobachtet, wartet darauf, angesprochen zu werden. Sie kommen nie alleine, sind mindestens zu zweit. Eigentlich mag sie sie. Sie sind stets freundlich, wollen mit ihr spielen. Es stört sie nicht, dass sie immer die Rolle annehmen muss, die keiner haben will. Sie wollen sie glauben machen, es sei die beste. Und sie will es glauben.

Sie ist klein, kleiner als die anderen. Sie weiß, dass sie häufig nicht dem folgen kann, was sie ihr sagen. Deshalb lächelt sie so oft. Das scheint sie zu beruhigen. Manchmal betrügen sie sie. Das sagen die Kindergärtnerinnen. Sie kann nicht sagen, warum sie sich immer und immer wieder dazu verleiten lässt, dumme Dinge zu tun, warum sie ihre Bonbons gegen glatte Kieselsteine eintauscht oder sich einreden lässt, Rot sei Grün. Sie verschenkt eben gern ihre Sachen und sie mag die Stimmen anderer. Es ist der Klang der Beachtung.

Oh ja, sie beachten sie. Aus den Augenwinkeln überströmt ein Grinsen den schmächtigen Körper, den kommenden Spaß, der da so schüchtern auf seinen Händen sitzt und mit großen Augen wartet, hervorgelockt zu werden. Sie reden und sie kann sie nicht hören. Sie sieht nur das halbkreisförmige Auf und Ab der Lippen.

Sie werden nett sein, so nett wie nie zuvor. Sie werden sie zum Lachen bringen. Sie wird lachen, doch sie wird nicht mit ihnen lachen. Sie wird nicht einmal wissen, warum sie lacht, warum sie lachen. Sie werden ihr eine Geschichte erzählen. Sie werden sie dazu bringen, etwas zu tun, was keiner von ihnen tun würde. Sie könnte einem fast leid tun, wenn es nicht so toll wäre, sie zu ärgern. Sie fällt doch immer wieder auf ihre süßen Worte herein. Ein nicht enden wollender Spaß!

Manchmal kommen ihnen Zweifel, ob sie wirklich nicht versteht, was da mit ihr geschieht. Manchmal haben sie das Gefühl, als errate sie ihre Gedanken, als durchschaue sie ihre Verachtung, als müsse sie gleich weinen. Doch sie sieht ihnen nur einen kurzen Moment in die Augen und fängt an zu lächeln. Dummheit ist nicht so leicht klein zu kriegen! Sie meinen es doch auch gar nicht böse! Sie lieben ihr kleines Spielzeug. Nein, sie ist viel besser als ein Spielzeug und deswegen hassen sie sie.

Sie beschwert sich nicht. Sie wirft ihnen nichts vor. Sie macht alles, was man ihr sagt. Sie wird morgen wieder in der Ecke sitzen und hoffen, dass jemand vorbeikommt und sie anlächelt. Und sie werden lächeln. Sie werden sie hassen, so, wie sie sich selbst hassen. Und … sie werden sie lieben.

Das breite Grinsen

Was ist in dem Schrank da auf der Bühne? – Der Goethe. – Warum kommt er nicht heraus? – Ihm fehlt die Nase. – Wo ist sie? – Weg. – Und was hat er jetzt da, wo die Nase war? – Ein Loch.

Jetzt wollte ich, dass der Goethe im Schrank blieb. Doch das Loch hätte ich schon gern gesehen. Es war einfach unglaublich! So, wie alle seine Geschichten. Er erzählt gerne Geschichten. Doch nur die, die nicht stimmen. Ich falle gern darauf herein. Immer wieder. Es macht Spaß, ihm zuzuhören, in seine verschmitzten Augen zu sehen, zu beobachten, wie sich sein Mund zu einem lachenden Grinsen verzieht.

Er kennt jeden, ist wie ein bunter Hund, weiß immer, wo es etwas Schönes gibt. Manchmal nimmt er mich mit zum Einkauf, um die Abgabebestimmungen zu umgehen, schließlich lieben wir beide Südfrüchte und andere Leckereien. Er kennt alle meine Lieblingsspielsachen. Er tauscht und sammelt. Ich freue mich über jede neue Überraschung, die er mir schenkt, auch ohne Geburtstag. Er ist der einzige Vater, der an Klassenfahrten teilnimmt. Ich habe keine Geschwister, aber ich habe einen Vater!

Ich wuchs. Und mit mir die Entfernung zu ihm. Er machte Fehler, die ich bemerkte, aber nicht sehen wollte. Er war kein Held. Wer ist das schon? Vielleicht waren wir uns auch einfach nur zu ähnlich. Ich war genervt, fand manchmal sogar Gefallen daran, ihn bis aufs Blut zu reizen. Ich war vierzehn.

Er hatte eine Kassette, die er gern und oft hörte. Viel zu oft. Von Technik hatte er nicht viel Ahnung. Deshalb legte er seine Kassetten häufig unbeabsichtigt ins Aufnahmefach. Jedes Mal stoppte ich ihn kurz davor, jedes Mal predigte ich ihm, sie ins andere Fach einzulegen, jedes Mal machte er denselben Fehler. So, wie an jenem Mittwoch.

Er hatte vergessen, sein Tape herauszunehmen. Ich hatte die Anlage angeschaltet und zu spät bemerkt, dass seine Kassette gelöscht wurde. Ich drückte die Off-Taste. Anderthalb Minuten. Keine große Sache. Wahrscheinlich würde er es nicht einmal bemerken. Er würde es nicht bemerken. Er würde mir die Schuld daran geben. Dann sollte er wirklich einen Grund dafür haben! Er sollte es sich ein für alle Mal merken! Wer nicht hören will, muss fühlen. Das wurde mir schließlich auch immer gesagt. Ich drückte auf Aufnahme.

Nur drei Minuten länger sollten es sein. Doch dieses Mal passte ich wirklich nicht auf. Zwanzig

Minuten seiner Lieblingskassette. Weg. Einfach weg. Er gab mir nicht die Schuld daran. Er hörte die Kassette nie wieder.

Nun lebe ich im Ausland. Doch ich bin nie weiter von ihm entfernt als bei meinen Besuchen zu Hause. Er ist ein anderer Mann. Ich bin mir nicht mehr sicher, ob er das schon immer war oder das Leben ihn derart verändert hat. Er erzählt nicht mehr. Und ich kenne doch nur den Mann, der durch seine Erzählungen lebte.

Er ist still geworden. So still. Er sitzt im Sessel und beobachtet sich. Er verschwindet in dem Möbel wie ein altes Kissen. Kein Goethe ohne Nase ist so furchterregend wie das verebbte Lachen in den Wänden der Erinnerung.

Bleibende Gegenwart

Sie erzählt nicht gern. Was sie erzählt, ist gegenwärtig. Ist Jetzt. Die Vergangenheit schweigt. Ich frage nicht. Sie muss die Vergangenheit nicht erzählen. Die Vergangenheit ist sie. Ich habe sie nie gekannt und doch kannte ich sie besser als mich.

Sie hat mich stets angesehen. Ich habe sie angesehen, aber ich habe nicht zurückgeschaut. Meine Gedanken lieben. Mein Herz weint. Meine Zunge bleibt trocken. Ich habe nie gefragt. Man lebt eben.

Sie ist großzügig, nur nicht sich selbst gegenüber. Sie liebt das Praktische und die kleinen Dinge des Lebens, den Sonnenschein, den Bummel durch die Stadt, das Kartenspiel am Wochenende, das Essen mit Freunden. Sie klagt nie, will sich niemandem aufdrängen. Sie hat immer die Zeit vor Augen, als wäre alles verplant. Sie hat keine Angst vor der Zeit, sie geht mit ihr. Die Zeit als Kämpfer gegen die Ungewissheit.

Sie war auf der Flucht, als sie so alt war wie ich. Nicht vor sich selbst. Nicht wie ich, stets im Ausland, stets woanders. Lange saßen sie im Keller, in der Angst der Ungewissheit. Sie öffnete als erste die Tür. Sie wurde als erste getroffen. Sie hatte ein Baby und eine schwache Mutter. Sie hatte alles verloren. Kein Geld, keine

Kleidung, keine Photos. Bilder und Menschen existieren nur in der Erinnerung. Ein Wiedersehen in den Träumen. Sie war keine Träumerin. Das Kind wuchs. Tatsachen sind ewig prüfbar. Erinnerungen leben eine Generation, sind vergängliche Gegenwart. Unhaltbar. Man lebt eben. Man lebt und überlebt den äußeren Krieg, bis man den inneren verliert.

Sie ist gegangen, lange bevor sie weg war. Jeden Tag habe ich sie gesehen, sehe sie noch. An der Tür, fertig zum Ausgehen. Stets mit dem Schlüssel in der Hand. Sie nennt mich ihren Schatz, als ob jede Begrüßung mich mehren könne. Ja, ich bin ihr Schatz, ihr Versprechen an die Zukunft und habe doch viel mehr Angst vor dieser als sie.

Noch kann ich sie riechen. Ihr Duft liegt noch in allen Räumen. Meine Nase bestreitet ihre Abwesenheit. Die schwere Enge in meiner Brust bezeichnet Raum und Zeit als Lügner, doch die stete Leere schnürt weiter, fester. Luft ist nur zum Atmen da! Ich frage nicht. Es gibt keine Antwort.

Heimatlos

Sie sind leise. Und sie kommen fast immer nachts. Sie lassen sie nicht los. Wie ein Schleier senken sie sich auf ihre Brust. Kein Gedanke kann entfliehen. Ihre Augen suchen einen Punkt im Zimmer, den sie festhalten können. Doch Bilder formen sich unaufhörlich. Eine kleine rosafarbene Decke, ihr einziger Besitz. Sie fühlt sie noch und kann sie doch nicht mehr sehen. Sie ist zu klein, um in den Kinderwagen des anderen Babys zu schauen. Ihre Decke, und jetzt seine. Doch nicht lange. Sie steht vor einem kleinen Grab. Sie ist zwei. Aber sie weiß, die Decke kommt so schnell nicht wieder, genauso wenig wie das Baby da unten in der kalten Erde.

Viele der anderen Kinder wollen nicht mit ihr spielen. Ein Flüchtlingskind! Doch sie flieht nur vor denen, die mit Prügel drohen. Schüchtern steht sie an der Hauswand und schaut den anderen zu. Sie ist niedlich. Was ist Schönheit, wenn Hass und Angst blind machen?

Sie hatte nie viel Spielzeug. Dafür war kein Geld da. Aber sie hatte eine Ziehente. Einer der Jungen nahm sie ihr weg. Sie bat ihre Mutter, sie zurückzuholen. Sie waren Vertriebene. Man legt sich besser nicht mit Einheimischen an! Also wartete sie auf Weihnachten, auf ein neues, schönes Geschenk. Weihnachten kam und mit ihm eine bemalte Nuss, keine Ente, keine Puppe. Es war ein Weihnachten wie viele andere, ohne Geld und mit viel Liebe.

Sie lebten zu dritt. Sie, ihre Mutter und ihre Großmutter. Sie kannte nur diese Familie. Fotos existierten nicht. Geschichte im Wimpernschlag. Alles verloren. Wenn sie in den Spiegel schaute, stellte sie sich vor, wie wohl ihr Vater ausgesehen haben mag, der jetzt irgendwo in Frankreich lag, der sie nie gesehen hatte, den sie nie sehen wird.

Sie bewohnten einen möblierten Raum. Nichts davon gehörte ihnen, nur die kleine silberne Taschenuhr ihres Großvaters. Es war die einzige Uhr im Raum. Sie war immer da und tickte so beruhigend, als wäre sie die Ewigkeit. Als wäre Zeit unendlich.

Armut ist keine Schande! Andere waren auch arm. Ihre Großmutter war reich an Geschichten. Sie erzählte von einer fernen Stadt, in der ein Haus stand, mit großen hellen Fluren, einem weißen Piano und einem Schaukelpferd. Sie erzählte ihr von einem schlauen Onkel, ihrem Taufpaten, der auch nicht wiederkam. Sie erzählte gern und viel. Es beruhigte. Sie hatte eine Vergangenheit und eine Gegenwart. Doch die Stimme versiegte schnell, noch bevor sie antworten konnte auf noch nicht gestellte Fragen. Und mit ihr starb die

Vergangenheit. Ihre Mutter redete in der Gegenwart. Eine Vergangenheit konnte sie sich nicht leisten. Zu schmerzlich der Blick zurück. Sie sprach vom Leben.

Sie kannte den Krieg nicht, aber er hatte ihr alles genommen, noch bevor sie es hatte, Besitz, Familie und eine frei wählbare Zukunft. Er war die Einschränkung, die nicht mehr existierte und doch so präsent war. Kein Studium. Geld verdienen musste sie. Sie hatte ein Fernstudium absolviert. Nebenbei. Doch sie hat das Gefühl, dass sie nie das werden konnte, was sie werden wollte. Keine Ärztin, keine Dozentin. Sie hat einen Job, der sie langweilt. Zu spät für einen Wechsel.

Sie vermisst die großen, warmen Hände ihrer Großmutter, die sie auffingen, wenn sie fiel, die ihr mehr gaben, als sie geben konnten. Sie vermisst ihre ruhige Stimme und den zuversichtlichen Klang ihrer Mutter. Die letzte! Sie ist die letzte Brücke zu einer Vergangenheit, die sie selbst kaum kennt. Unvollständige Fetzen einer unvollständigen Geschichte. Nichts wird bleiben außer einer vollständigen Unvollständigkeit.

Ihre Augen gleiten über die Decke. Vor ihr formen sich Berge, Täler, Städte. Fremde Stimmen flüstern ihr in unbekannten Sprachen zu. Komm! Sie streicht mit der Hand über die Hügel. Da, ein Plateau.

Die ganze Welt. Ein Schrei. Sie streicht die Decke glatt. Wer ist sie? Heimatlos in der Heimat der Träume.

Das Café

Es ist dunkel. Es riecht nach Essen und Rauch. Ich halte die große, starke Hand meiner Oma und versuche, die riesigen Stufen hinaufzuklettern. Wir besuchen eine andere nette Oma. Da vorne wird es heller. Sie sieht uns. Ich winke und erklimme die letzte Stufe, während sie uns anlacht und auf uns zukommt. Sie hat graue Haare und nur einen Zahn. Ich mag dieses Lachen. Es ist echt, so, wie der einzelne Zahn.

Sie ist Garderobenfrau in einem Café. Sie ist noch älter als meine Oma, deswegen setzt sie sich gern, wenn niemand kommt. Sie rückt uns Stühle hin. Ich will nicht sitzen. Ich bin nicht alt. Ich hüpfe herum und zeige, was ich alles kann. Sie reicht mir Erdnussflips und Schokolade. Sie hat immer etwas da für kleine Kinder. Meine Oma sagt dann nur, sie soll nicht soviel für andere kaufen, weil sie doch so wenig Geld habe. Sie trägt immer dieselben Kleider. Sie muss arbeiten, obwohl sie schon Rentnerin ist. Sie möchte trotzdem, dass ich die Schokolade esse. Ich schiebe mir ein Stück in den Mund und belohne sie mit einem Lächeln.

Der Parkettboden ist glatt. Da kann man herrlich herumrutschen. Zu Hause geht das nicht. Sie unterhalten sich, zehn Minuten, eine halbe Stunde, einen Augenblick oder eine Ewigkeit. Ich rutsche und lausche den Wortfetzen. Sie reden leise, damit ich nicht soviel mitbekomme. Doch meine Ohren sind gut. Ich mag diese Gespräche nicht. Viel lieber möchte ich die Treppe wieder hinuntersteigen.

Sie hat einen verheirateten Sohn. Der hat Geld und raucht viel. Auch er besucht sie, nur ganz kurz, aber immer gegen Ende des Monats. Ihm schenkt sie keine Schokolade, sondern Zigarettenpäckchen und Geld. Ich bin froh, wenn wir ihm nicht begegnen. Ich habe ein wenig Angst vor ihm. Er ist laut und riecht nach Schnaps.

Der Parkettboden glänzt. Oma packt den Beutel aus, den sie mitgebracht hat. Darin ist frische Wäsche. In den leeren Beutel stopft sie die alte zum Mitnehmen. Das macht sie fast jede Woche, weil die andere Oma keine Waschmaschine besitzt. Ich hüpfe aufgeregt am Geländer herum. Der Beutel ist das Zeichen zum Gehen. Noch einmal lächelt mir der Zahn entgegen, noch einmal winke ich dem grauen Haar zu, bevor ich die Treppen hinunterstolpere.

Letzte Woche hat die Schule wieder angefangen. Noch immer umfassen meine Hände die meiner Großmutter. Noch immer besuchen wir die nette Oma aus dem Café. Doch wir gehen nicht mehr denselben Weg. Der Weg ist jetzt breiter, heller und eben. Es ist eine alte Baumallee, ohne Essensgerüche, ohne Lärm. Nur der Wind weht leise und biegt sanft das Gras auf dem kleinen Hügel, vor dem wir stehen.

Ihr Sohn hat wohl seine kurzen Besuche eingestellt. Sie haben nur zwei Jahre mit der Einebnung gewartet. Ich habe nie den Namen lesen können, nicht die Zahlen. Ich weiß nicht, wie alt sie geworden ist. Das Gras ist jung. Ich bin es auch.

Nur die Familie

Müde trägt sie die schweren Beutel den langen Weg von der Straßenbahn rauf zur Siedlung. Vier Stockwerke schleppt sie die Schwere hinauf. Es ist still. Sie weiß, er ist in seinem Zimmer, sieht fern, leise, so leise. Er muss gehört haben, dass sie wieder da ist. Soll er doch fernsehen! Sie stellt die Beutel auf einen Stuhl in der Küche. Er hat schon gegessen. Was soll sie kochen? Für eine Person? Eigentlich hat sie gar keinen Hunger.

Übermorgen ist ihre Geburtstagsfeier. Ihr sechzigster. Die ganze Familie wird da sein. So wie früher bei ihrer Mutter. Sie hat schon fast erwachsene Enkel. Sie muss was essen! Morgen wird ein anstrengender Tag. Viele Beutel, viele Stufen. Er wird fernsehen. Hoffentlich blamiert er sie nicht wieder. Soll er fernsehen, wenn er nur nicht wieder anfängt zu streiten!

Es ist still geworden. Er ist still geworden. Früher war er häufig betrunken, dann hat er rumgebrüllt, die ganze Nachbarschaft hat er zusammengeschrien. Das ganze Geld hat er versoffen, das gesamte Monatsgehalt. Für eine Nacht war er der König der Kneipen, der Millionär unter den Armen. Zu Hause wartete der Ärger. Seine Fahne roch nach Schuld. Vier Kinder und dreißig unbezahlte Tage.

Sie versteckt Flaschen. Irgendwann findet er sie immer. Doch er kann nur das trinken, was er findet. Sie ist schneller als er, nur ein paar Stunden. Aber sie ist schneller, muss schneller sein. Sie haben jetzt weniger Geld. Also leert sie jeden Monat das Konto. Sie weiß, wann die nächste Zahlung eingeht. Und sie ist schnell.

Sie weiß, dass er im Türrahmen hinter ihr steht, sie beobachtet. Doch wenn sie sich umdreht, wird er weg sein. Ein dunkler Schatten im Korridor. Sie reden nicht, nicht mehr. Sie wüsste auch gar nicht, was sie ihm sagen soll. Sie hat nun doch keinen Hunger mehr. Nur ein Stündchen ausruhen, Zeitung lesen. Vielleicht kommt ja auch ein alter Film aus den 60ern. Sie packt die Beutel aus und füllt den Kühlschrank.

Spiegel-, Zerr- und Scheinbilder

(2002)

Das Loch

Etwas an dem Raum war seltsam. Es zog. Doch nicht hinein. Er sah sich um. Er hatte das Gefühl, dass stetig etwas entwich. Er konnte jedoch nicht sagen, ob es Gegenstände waren, ob die Luft dünner wurde oder einfach nur die Farbe aus der Tapete floh. Der Raum sah leer aus.

Lange überlegte er. Dann holte er einen Fernseher, einen Computer und stellte gleich neben der Tür ein Bücherregal auf. Zwischen die Fenster kam ein schöner, großer Spiegel. Zufrieden saß er zwischen seinen neuen Errungenschaften, als er die Weichheit des Teppichs unter seinem rechten Fuß bemerkte. So, als würde er nachgeben.

Er rollte eine Ecke des Teppichbodens zurück und traute seinen Augen nicht. Da war ein Loch im Boden. So groß wie eine Faust und so schwarz, dass der Stift, den er hineinhielt, in der Finsternis verschwand. Wie tief mochte das Loch wohl sein? Er war hier im dritten Stock. Müsste er da nicht direkt in das Wohnzimmer der Neumanns sehen können? Neugierig kniff er ein Auge zu und versuchte, etwas zu erspähen. Aber das Loch gab keinen Blick frei.

Grübelnd lag er auf dem Boden. Dann kramte er in seiner Hosentasche. Zufrieden mit sich und seiner Idee zog er ein Geldstück hervor. Ganz nah beugte er sich über das Loch, ließ die Münze hineinfallen und wartete auf das Geräusch des Aufpralls. Doch so sehr er auch lauschte, er hörte nichts. Auch die zweite Münze verschwand völlig klanglos. Er wartete eine Minute, zwei Minuten, drei Minuten. Verärgert warf er nun alles, das klein genug war, in das Loch. Doch nichts als wütende Stille folgte.

Fluchend sprang er auf, deckte das Loch mit einem Brett zu und legte den Teppich wieder darüber. Beim Hausmeister würde er sich beschweren und Mietminderung verlangen! Schließlich könnte ja sonst was für Viechzeug da hinaufkrabbeln und ihn mit Krankheitserregern verseuchen. Noch im letzten Zähneknirschen seines Zorns wusste er, dass durch dieses Loch wohl nichts zu ihm hinaufkäme. Doch das Loch war da. Er hätte darauf hingewiesen werden müssen! Gleich morgen würde er...

Vor Erregung zitternd und heftig atmend ließ er sich in seinen Sessel fallen. Grübelnd saß er und starrte auf die Teppichstelle, unter der sich das schwarze Nichts befand. Lange saß er. Er wusste nicht, wie lange er so gesessen hatte. Plötzlich zerriss der Teppich und das

Loch tat sich auf. Es begann zu fressen. Zuerst die Vorhänge, dann die Möbel. Es hinterließ nichts außer dem Spiegel und dem Sessel, von dem er zusammengekauert, mit weit aufgerissenen Augen und heruntergefallenem Kiefer auf das verfressene Ding oder Nicht-Ding im Boden blickte.

Alles war weg. Er konnte es nicht fassen. Und das Loch war faustgroß wie immer. Ungläubig ging er wieder und wieder drum herum, untersuchte es von allen Seiten. Mehrfach streckte er seine Hand hinein. Nichts.

Da fiel sein Blick auf den Spiegel. Er war leer. Eine bloße, sich selbst reflektierende Fläche. Das war zuviel! Das Loch hatte selbst sein Spiegelbild eingesogen. Jetzt war er vollends sauer. Mit aller Wucht und Kraft, die er aufbringen konnte, trat er in den Schlund, der ihm alles genommen hatte.

Da springt die Tür auf. Zwei Männer betreten den Raum, der eine mit ausladenden Armbewegungen, der andere interessiert lauschend. „Die Fenster sind groß und hell. Aber Vorsicht! Da ist ein kleines Loch im Boden. Legen Sie einen Teppich darüber und keiner wird es merken..."

Email

„Sie haben Post." Normalerweise fast täglich. Ich bekam sie mehrfach am Tag, dann stündlich, dann alle paar Minuten und dann...

Es fing an einem Tag an, an dem alles schief ging und ich ernsthaft darüber nachdachte, meinem Leben ein Ende zu setzen. Ich tippte meinen Abschiedsbrief in den Computer, als auf dem Bildschirm eine seltsame Mail erschien. Sie wies mich an, auf eine bestimmte Webseite zu gehen.

Ich kannte diese Art Internetseiten, zumindest glaubte ich es damals und ärgerte mich, dass man mich selbst in dieser schweren Stunde damit belästigen musste. Ich löschte sie. Dann nahm ich Schlaftabletten, die ich mir einen Tag zuvor besorgt hatte und wartete auf das Ende.

Doch das Ende kam nicht. Also las ich, während ich wartete, in einem Buch, sah fern, beobachtete tattrige alte Damen, die die Straßenseite wechseln wollten und machte mir den Rest vom letzten Essen in der Mikrowelle warm. Nach zwei Stunden ohne Wirkungsanzeichen war ich kurz davor, mich beim Hersteller zu beschweren und mein Geld zurückzuverlangen.

Um mich zu beruhigen, legte ich mich in die Wanne und nahm ein Bad. Da kam mir die Idee mit dem Toaster. Doch sobald ich wieder im Wasser saß und das Gerät gebrauchsentfremden wollte, fiel der Strom aus. Einfach so. Und ich saß mit dem Toaster in der Badewanne.

Zwei missglückte Selbstmordversuche pro Tag reichten mir und ich legte mich ins Bett. Vielleicht kam der Tod ja von alleine?

Da bemerkte ich, dass der Monitor noch an war. Der Strom war also wieder da. Na toll! Ich lief hinüber, um ihn auszuschalten. Jetzt standen da zwei Mails. Ohne Absender. Als würde ich so was öffnen... Ich klickte trotzdem drauf. Die erste Nachricht forderte mich auf, endlich die angegebene Internetseite aufzusuchen. Die nächste ließ mich leicht erschrecken.

Wer außer mir konnte wissen, was an diesem Tag passiert war? Ich hatte das Haus nicht verlassen. Vielleicht neigte ich aber auch nur dazu, überzureagieren. Was aber sollte dann der Hinweis, es würde mir nie gelingen, mich umzubringen? Jemand musste sich einen Scherz erlaubt haben.

Ich drückte auf ‚Löschen'. Die Mails verschwanden nicht. Sooft ich es auch versuchte, ich konnte sie nicht entfernen.

Eine weitere Merkwürdigkeit beunruhigte mich. Die Sendezeit der Nachrichten erneuerte sich mit jedem Löschvorgang. Als wären sie zur selben Zeit wieder abgeschickt worden. In meiner Panik löste ich kurzerhand mein Konto auf und beschloss, mir am nächsten Morgen eine neue Emailadresse zu besorgen. Was ich dann auch tat.

Doch wie entsetzt war ich, als ich auf dem neuen Konto nicht nur die Begrüßungsmail des Anbieters vorfand, sondern ebenfalls eine Nachricht mit der Überschrift: ‚Du kannst nicht entkommen'. Sofort richtete ich mir eine andere Adresse ein. Doch immer wieder erschien die Mail vom selben namenlosen Absender.

Zunächst dachte ich an einen Computervirus. Der Virusscan erkannte nichts. Grübelnd saß ich vor dem Monitor, als ich eine weitere Mail erhielt: ‚Du beobachtest mich? Welche Ironie!' Das reichte! Ich zog den Netzstecker.

An Selbstmord war nicht mehr zu denken. Jemand maßte sich an, mich kontrollieren zu können! Ich musste hier erst einmal raus und mir einen klaren Kopf verschaffen. Ich umfasste die Türklinke, um mir den Weg ins Freie zu öffnen. Sie fügte sich weich in meine Handfläche. Dehnbar wie Kaugummi.

Ohne mechanischen Widerstand war die Tür nicht zu bewegen. Verblüfft versuchte ich es noch einmal. Weich wie Wachs.

Meine Augen irrten umher und fanden einen metallischen Gegenstand, mit dem ich kräftig auf das Holz einzuschlagen begann. Nicht ein Kratzer zierte den weißen Lack. Selbst die Scheibe des Fensters hielt allen Bemühungen stand. Ich war gefangen! Gefangen in meinem Schlafzimmer.

Die Straße war plötzlich menschenleer. Nicht eine Oma, die sich vor den Autos fürchtete. Ich fing an, mit Klopfzeichen meine Nachbarn auf meine Misere aufmerksam zu machen. Aber selbst nach Stunden meldete sich niemand und das Handy lag im anderen Raum. Die einzige Verbindung zur Außenwelt blieb der verhasste Computer.

„Sie haben Post." Wie konnte es auch anders sein? Auf Spott konnte ich nun wirklich verzichten. Doch ich kam nicht umhin, die Nachricht zu lesen. Sie war das einzige, das auf dem Monitor erschien. Und nur ein Satz stand dort: ‚Du bist allein im Raum'. Wieso hatte mich das nicht überrascht?

Jegliche weitere Tätigkeit war zwecklos. Also blieb ich vor dem Bildschirm sitzen. Schon nach wenigen Minuten erreichte mich die nächste Nachricht: ‚Du bist, was Du zu sein scheinst'. Ich wurde daraus nicht schlau und begann wieder mit dem Klopfen, als sich eine weitere Mail ankündigte: ‚Kontrolle ist gut. Vertrauen ist besser'. Hatte sich mein Hirn mit dem Computer deaktiviert? Langsam zweifelte ich an meinem Verstand.

Was, wenn alles nur ein Traum war? Wer sollte mir diese Geschichte denn auch abnehmen? Da meldete sich der Bildschirm und spuckte eine Mail nach der anderen: ‚Du zweifelst an Dir selbst', ‚Du bist zu nah', ‚Geh auf die Webseite! Da findest Du, wonach Du suchst'.

Hatte ich denn eine Wahl? Ich klickte auf eine Seite mit Spielen. Ein roter Pfeil wies mir den Weg. Ich öffnete eine Tür.

Kalte Schauer liefen mir den Rücken hinunter. Jemand blickte mir von der anderen Seite des Bildschirms entgegen. Das war ich! Gefangen in meinem kleinen Raum sah ich in denselben Raum.

Ja, ich sitze hier. Mir gegenüber. Und habe Post. Für immer.

Die Anstalt

Der Kiesweg war frisch geharkt, die Rabatten in voller Blüte, als ich die Stufen zur „Ewigen Heiterkeit" betrat. Das Gebäude war weißgetüncht und erweckte einen schlichten, doch freundlichen Eindruck. Allein die Klingel schien etwas unkonventionell. Neben der Tür riss ein Löwenkopf sein Maul auf und zeigte tief in seinem Rachen einen kleinen Knopf. Ein seltsames Gefühl beschlich mich, als ich meine Hand in den steinernen Schlund steckte.

Die Tür wurde von einem der Pfleger geöffnet. Dies war mein erster Arbeitstag. Ich stellte mich als der neue Experte für Schizophrenie vor und bat darum, vom Direktor empfangen zu werden. Der Pfleger wies mich an, in einem der Wartezimmer Platz zu nehmen, und schloss hinter mir die Tür.

Während ich wartete, betrachtete ich durchs Fenster den Garten vor dem Haus, durch den ich gekommen war. Dabei bemerkte ich einen kleinen Jungen, der mir durch den Gitterzaun von der Straße her Grimassen schnitt. Ich wusste nicht, ob ich mich ärgern oder lachen sollte.

Hinter mir näherten sich Schritte. Als ich mich umdrehte, betraten drei Männer den Raum. Einer von ihnen war der Pfleger von vorhin. Ein zweiter in weißem Kittel sah aus wie ein Arzt. Dieser streckte mir auch seine Hand entgegen, stellte sich als Direktor der Anstalt vor und erzählte mir, dass er noch gestern mit meinem Mentor gesprochen habe und dieser ihm stets ausgezeichnete Fachkräfte geschickt habe. Und wie dringend er mich doch brauche, bei seinem Personalmangel. Ich schrieb gerade an meiner Dissertation über abnorme Geisteszustände und hoffte, hier praktisches Forschungsmaterial zu finden.

Man führte mich einen Gang entlang und ließ mich kurz einen Blick in die Räume meiner zukünftigen Patienten werfen. Im Anschluss wollte man mir mein Büro zeigen. Wir stiegen ins oberste Geschoss des Gebäudes. Von dort führte eine Wendeltreppe in einen der kleinen Türme des Hauses.

Ich war erstaunt, dass sich die Arbeitsplätze so weit von den Patienten entfernt befanden. Das Haus war wohl voll belegt und hatte keine ausreichende Kapazität mehr, so dass man selbst die Büros mitnutzte.

Ich folgte den Kollegen durch eine eiserne, sich der Treppe anschließende Tür. Der Raum war schlicht eingerichtet. Durch zwei kleine vergitterte Fenster strömte Licht. Als ich den Ausblick prüfen wollte, hörte ich hinter mir: „Und hier, Herr Doktor, befindet sich Ihr interessantester Fall."

Verwundert drehte ich mich um. Zu spät. Die Tür fiel ins Schloss. Ich war allein. Das musste ein Missverständnis sein. Vielleicht wollten sie mich testen? Hatten sie Angst, ich würde den Job ablehnen oder nicht hart genug arbeiten? War dies der Einführungsritus für alle Neulinge?

Erst jetzt bemerkte ich, dass sich keine Klinke an der Innenseite der Tür befand. Ich trommelte gegen den Stahl und rief, sie sollten zurückkommen, das wäre nicht lustig. Es käme nur darauf an, für wen, vernahm ich leise hinter der Tür. Sie waren da!

Wütend, doch verblüfft setzte ich mich auf einen Stuhl. Das war ein Test! Irgend so ein Reaktions- oder Charaktertest. Nun ja, sie konnten mich nicht ewig hier einschließen, das wäre Freiheitsberaubung. Außerdem würde ihnen schon langweilig werden. Ich würde ihnen nicht die Freude machen, auszurasten! Ob sie das wohl mit allen Mitarbeitern an ihrem Einstellungstag machten? So ein Unsinn! Das gleiche hatte ich mich schon vor Stunden gefragt.

Draußen begann es zu dämmern. Nervös sah ich auf die Uhr. Wie lange sollte ich noch hier sitzen? Es war nichts zu hören. Ob sie mich beobachteten? Ich durfte mir keine Unsicherheit anmerken lassen. Ich ging zum Fenster und sah raus auf den Garten und die dahinter liegende Straße. Mir war so, als würde mir das Kind von vorhin zuwinken.

Allmählich verloren sich die Rabatten in der Dunkelheit und ich stand immer noch am Fenster. Krampfhaft versuchte ich, Sinn in diesem Test zu finden. Doch es gelang mir nicht. Wie es aussah, wollten sie, dass ich die Nacht hier drinnen verbringe. Ich musste mich wohl damit abfinden. Was blieb mir auch anderes übrig?

Ich machte es mir, so gut es ging, auf dem Boden bequem und schlief nach kurzer Zeit ein. Als ich erwachte, waren die Möbel von gestern verschwunden. Statt dessen lag eine Matratze in der Mitte des Raumes, daneben das Frühstück. Brötchen, Marmelade auf einem Pappteller und kein Besteck. Mein Magen meldete sich. Erst jetzt fühlte ich, wie hungrig ich war.

Auch an diesem Tag ließen sie mich warten. Ich wurde mehr als ungehalten und verlangte den sofortigen Abbruch des Experiments. Niemand kam. Ich hatte es satt! Ich war so wütend, dass ich es schon bereute, mich überhaupt für diesen Job beworben zu haben. Ich wollte hier raus. Und zwar auf der Stelle!

Da hörte ich den Schlüssel im Schloss. Zwei Hünen traten ein. Dahinter erschien der Direktor amüsiert grinsend über meine offene Wut. Am liebsten wäre ich ihm an die Gurgel gesprungen. Doch bevor ich auch nur einen Schritt in Richtung Tür machen konnte, saß ich in einer Zwangsjacke. Das war zuviel! Ich sah hiermit mein Arbeitsverhältnis als beendet an!

Ein erstauntes Lächeln zeigte sich auf dem Gesicht des Direktors. Er erklärte mir, dass es nie ein Arbeitsverhältnis zwischen mir und der Anstalt gegeben habe und ich mir keine Sorgen zu machen brauche, ich wäre hier schließlich in den besten Händen. Man würde sich schon um mich kümmern.

Mir verschlug es den Atem vor so viel Dreistigkeit. Ich war Arzt! Ich war ein freier Mann! Sie konnten mich nicht gegen meinen Willen hier festhalten!

Sie konnten alles. Mit den Worten, ich wäre ein eingetragener Patient und unterläge somit der Fürsorge der Anstalt, kehrte mir der Direktor den Rücken zu. Ich verlangte nach dem Aktenkoffer, mit dem ich gestern das Gebäude betreten hatte. Darin waren all meine Unterlagen, die mich als Diplompsychologen auswiesen, mein Studienabschluss und die Bewerbungsunterlagen.

Erneut erschien das süffisante Lächeln um seine Mundwinkel. Man würde mir den Koffer sofort bringen.

Ich war wieder allein. Bewegungsunfähig. Meine Augen suchten nach einem Halt in diesem kahlen Raum. Mir war, als würden mich die weißen Wände trotz der Leere erdrücken. Immer näher schoben sie sich. Dies musste ein Albtraum sein!

Endlich brachte man mir den Koffer. Nun würde ich es ihnen schon zeigen! Geöffnet wurde er vor mich hingestellt. Es war mein Koffer. Ganz gewiss. Doch darin befanden sich keine Unterlagen. Da lagen Blätter mit Kinderkritzeleien. Was hatten sie mit all meinen Sachen gemacht? Statt einer Antwort bekam ich nur ein Lächeln. Ein Lächeln. Das war alles, was ich je bekommen würde.

Ich versuchte wirklich alles, erzählte von den neuesten Theorien auf dem Gebiet der Schizophrenie, beschrieb das Verhältnis zu meinem Mentor an der Uni, nannte Namen, die meine geistige Gesundheit und Festigkeit bezeugen konnten.

Alles, was ich erntete, war ein arrogantes Lächeln. Wieso wollte mir nur keiner glauben? Und, was mich am meisten wunderte, warum suchte man noch nicht nach mir? Hatten sie mich deswegen in den entlegensten Raum gebracht? Damit ich unauffindbar war? So, als würde ich nicht einmal existieren? Als hätte ich nie existiert?

Jeden Tag stand ich am Fenster und schrie, so laut ich konnte, um Hilfe. Nie sahen die Menschen auf der Straße zu mir hoch, nur ab und zu ein Kind, das winkte. Ich war heiser. Ich war müde. Ich war zutiefst verzweifelt. Und ich *war* nicht.

Sie gaben mir Medikamente, um meinen Geist zu verwirren. Doch das konnten sie nicht! Ich wusste genau, wie diese Pillen auf mich wirkten. Kleine Jungen winkten mir zu. Die Welt beachtete mich nicht. Alles war wie immer. Ich war umgeben von Lachen, Grinsen und Amüsement. *Ich* war der Grund meines Untergangs.

Meine Augen waren gefangen vom Gitter des Fensters, welches das kalte Weiß umschloss. Zurückgeworfen in den leeren Raum sah ich nichts. Atem und Herzschlag verloren sich in der Dunkelheit der hereinbrechenden Nacht.

Das Spielzeug

Er starrte durch die Schaufensterscheibe eines Second-Hand-Ladens. Da war es! Dieses alte Gefühl kindlicher Geborgenheit. Wie hatte er dieses Stück Holz geliebt, rannte mit ihm Tag und Nacht umher, zog es hinter sich den Flur entlang in die große Essstube zum Klavier, um dort den Melodien der Mutter zu lauschen.

Er kannte jede Kontur des kleinen Holzhundes, das Quietschen seiner Räder, die Buchstaben an der Innenseite des Rades, von denen er wusste, dass es die Initialen seines Namens waren. Lesen konnte er sie damals noch nicht. Doch seine Finger fuhren fasziniert die Linien nach, die dieses Spielzeug zu seinem machten. Sein Hund! Seiner ganz allein!

Das alte Herrenhaus der Familie gab es schon längst nicht mehr. Seine Eltern waren vor ein paar Jahren gestorben. Doch da lag seine Kindheit! Direkt vor ihm. Nur durch Glas von ihm getrennt und ein Schild: geschlossen.

Zu dumm! Die Öffnungszeiten deckten sich genau mit seiner Arbeitszeit. Wer schließt denn schon um vier? Er würde den Chef bitten müssen, eine halbe Stunde eher gehen zu dürfen. Ja, so würde er es machen! Noch einmal strich seine Handfläche liebevoll über die

Glasscheibe. Morgen würde er es wieder haben! Zufrieden stülpte er den Kragen seines Mantels hoch und ging die Straße hinunter zu seinem Auto.

Der Morgen verlief langsam, zu langsam. Nervös zuckten seine Finger über die Computertastatur. Der Chef hatte eine Sitzung einberaumt. Ausgerechnet heute! Und er wusste nicht, wie lange sie dauern würde!

Angst stieg in ihm auf, Angst, er könnte es nicht mehr rechtzeitig zum Laden schaffen. Natürlich war es dumm zu glauben, jemand außer ihm wolle unbedingt dieses alte Spielzeug kaufen. Aber das konnte ihn nicht beruhigen. Er begann zu schwitzen. Münder bewegten sich. Der Binder saß zu eng. Was hatte er gesagt? Wie war das Quietschen des Spielzeugs in die Klimaanlage gekommen? Er hörte ganz deutlich die Holzräder.

Endlich! Er hatte noch zehn Minuten, um ans andere Ende der Stadt zu fahren. Warum müssen Ampeln immer auf Rot schalten, wenn man es eilig hat? Ein Parkplatz. Ein Parkplatz! Irgendwo musste es doch eine blöde Lücke geben! Da vorne war sie. Jetzt nur schnell! Der Autoschlüssel entglitt ihm. Hastig hob er ihn auf und rannte über die Straße.

Drinnen war noch Licht. Die Tür war auf. Atemlos stand er an der Theke und verlangte nach dem Hund im Schaufenster.

Weg? Nicht mehr da? Alles um ihn herum verschwamm in der Stille. Der Mann hinter der Theke lächelte. Der Hund hatte schon einen kleinen Liebhaber gefunden. Er zeigte in eine Ecke des Raumes. Da stand ein pausbäckiger Junge und drückte den Hund ganz fest gegen seine Brust. Zufrieden lachte ihn der Kleine an.

Er verfluchte die Sitzung, die zu lange gedauert hatte. Er verfluchte den Jungen, der seinen Hund im Arm hielt. Seinen! Er verfluchte den Mann hinter der Theke, der sein Spielzeug verschenkt hatte, einfach so. Und er verfluchte sich, weil er seinen teuren Freund in der Eile auf einer Bahnhofsbank vergessen hatte.

Langsam ging er zurück zum Auto. Aus dem Augenwinkel sah er, wie der kleine Junge aus dem Laden trat und die Straße abwärts lief. Einen kurzen Moment überlegte er. Dann folgten seine Füße dem Kind. Erst langsam, dann schneller, bis sie es fast eingeholt hatten.

Er hörte ihn leise singen. Wie alt mochte er wohl sein? Drei, vier? Im Höchstfall fünf. Nicht älter, als er damals war. Jetzt war er genau neben ihm. Der Kleine hatte ihn bemerkt und lächelte. Nein, wegnehmen konnte er ihm das Spielzeug nicht. Es war doch ein Kind! So etwas macht man nicht mit Kindern!

Da kam ihm eine Idee. Vielleicht könnte er den Jungen überreden, das Tier gegen etwas anderes zu tauschen? Der Einfall gefiel ihm so gut, dass er sich seines Sieges schon sicher fühlte und das Kind triumphierend fragte, ob es denn nicht ein Eis mit ihm essen wolle, was dieses freudestrahlend bejahte. Also gingen sie ins nächste Eiscafé um die Ecke und bestellten zwei große Schokoladeneisbecher. Dabei erfuhr er von dem Kleinen, dass dessen Eltern ihm nie Süßes kauften, weil es schlecht für die Zähne sei. Er witterte eine einmalige Chance und beschloss, gleich im Anschluss an einem Bonbongeschäft vorbeizugehen.

Als sie mit dem Essen fertig waren, bedankte sich der Junge artig bei seinem Gastgeber und rief freudig in seiner kindlichen Stimme, was für ein toller Tag es doch gewesen sei, an dem er Spielzeug und Eis geschenkt bekommen hatte. Doch der Mann neben ihm hörte ihm gar nicht zu und führte ihn an der Hand zum nächsten Süßwarenladen.

Vor dem Schaufenster wurden die Augen des Jungen groß. Sein Mund öffnete sich staunend vor den riesigen Bergen von Süßigkeiten. Der Mann beugte sich zu ihm hinunter und zeigte auf ein hohes Glas voller Lutscher, während er ihm den Tausch ins Ohr flüsterte. Die staunenden Augen wurden plötzlich traurig. Noch fester wurde der Hund an die Brust gedrückt.

Er wusste nicht wieso, aber er hatte Mitleid mit dem Kind. Er ging in das Geschäft und kaufte ihm einen der Lutscher. Daraufhin ergriff der Kleine wieder fröhlich plappernd seine Hand und nannte ihn den ‚guten Onkel'. Angestrengt suchte dieser nach einer anderen Bestechungsmethode.

Sie kamen am Park vorbei, wo ein Karussell stand. Die Methode war einfach. Er setzte den Knirps auf eines der Pferde und versprach ihm so viele Runden, wie er wollte. Doch nach einer Runde mochte der Junge nicht mehr. Und den Hund wollte er auch behalten.

Verzweifelt fragte ihn der Onkel, was er denn dann für das Spielzeug haben wolle? Im Zoo die Affen anschauen! Na schön. Das war ja wenigstens was. Sie fuhren also zum Tierpark. In stiller Vorfreude kaufte er die Eintrittskarten und eine rosa Zuckerwatte für sein hartnäckiges Anhängsel.

Als sie vor dem Affenkäfig standen, betrachtete er das Kind samt Spielzeug etwas genauer. Hatte er da kurz die Initialen am Rad gesehen? Er musste es haben! Wenn sie den Zoo verlassen würden, musste der Junge es ihm geben. Seine Hände wurden feucht. Bald. Bald! Wer konnte es ihm jetzt noch verweigern?

Ein kindlicher Schluchzer! Weinend stand der Quälgeist am Zooausgang und umklammerte seinen

Hund. Langsam hatte er es wirklich satt! Er hatte ihm Süßes gekauft, lebendem Fell hinterher gesehen, sich stundenlang sein Geplapper angehört und das war nun der Dank dafür! Verfl...! Er konnte ihm den Hund nicht wegnehmen. Er war doch noch ein Kind!

Er riss sich zusammen und gab ihm eine letzte Chance. Er würde ihm noch einen Wunsch erfüllen. Dann müsste er sich von dem Holztier trennen! Das beruhigte den Jungen für den Augenblick. Er wollte in den neuen Disney-Film.

Obwohl der Kinosaal dunkel war, fühlte er, dass der Hund ihm nie so nah war wie jetzt. Er spürte die Holzschnauze an seinem Arm. Wohlige Schauer liefen ihm den Rücken hinunter. Bebend hielt er den Atem an. Sein Hund!

Der Film war zu Ende. Inzwischen war es draußen dunkel geworden und der Kleine erinnerte sich, dass er doch nach Hause müsse und das ganz unbedingt! Die Mutter würde sonst böse sein! Er konnte gar nicht verstehen, warum der Onkel wütend war. Er hatte den Hund doch so lieb! Wieso wollte er ihm sein Geschenk wegnehmen? Es gehörte doch ihm und nicht dem Mann!

Das war zuviel! So ein Theater wegen eines lächerlichen Spielzeugs! Schließlich hatte das kleine

Monster genug dafür bekommen und sollte nun endlich Ruhe geben! Das Gejammer war nicht mehr auszuhalten!

Beim Versuch, dem Quälgeist klarzumachen, dass das Spielzeug ihm nun nicht mehr gehöre, gerieten sie in eine Seitengasse. Der Schreihals wollte doch tatsächlich nicht loslassen! Er zerrte und rüttelte. Der Junge klebte an dem Holzhund wie Kaugummi an der Schuhsohle! Sein Hund! Er hatte ihn redlich verdient! Schluss jetzt! Die kleine Kröte hing lange genug an ihm!

Das Holz traf hart die Stirn des Kindes. Es sackte sofort zusammen und eine Blutlache bildete sich um den kleinen Kopf.

Er drehte sich nicht mehr um. Er hatte, was er wollte und lief zurück zum Auto. Niemand sah den Mann, der mit einem alten Spielzeug in der Hand durch die Straßen rannte.

Endlich zu Hause! Die Tür fiel ins Schloss. Er machte das Licht an. Erst in diesem Moment bemerkte er das Blut, das an dem Tier klebte. Direkt an seiner Schnauze. Er lachte. Als hätte er jemanden gebissen. Aber es sah wirklich nicht schön aus! Er ging sogleich ins Badezimmer und versuchte, das unerwünschte Rot abzuwaschen. Er schaffte es auch. Fast. Denn die Flüssigkeit war bereits in die Holzfaser eingedrungen. Dadurch blieb ein etwas dunklerer Fleck. Doch das störte ihn zunächst nicht. Der Hund bekam seinen Platz auf der Kommode am Fußende seines Bettes.

Er schlief diese Nacht nicht besonders gut. Auch nicht die nächste. Unruhig wälzte er sich hin und her. Die Nacht darauf lag er wach. Er war müde, doch irgendetwas hielt ihn davon ab, einzuschlafen. Schatten huschten über seine Lider.

Er konnte sich nicht erklären, warum, aber er hatte Angst, sie zu öffnen. Sein Herz begann, schneller zu schlagen. Laut klopfend pulsierte das Blut durch seine Adern. Etwas war mit ihm im Raum! Lauschte seinem Atem, beobachtete ihn. Er wagte nicht herauszufinden, was es war.

Am nächsten Morgen stand er wie gerädert auf. Er sah gar nicht gut aus und fühlte sich auch so. Durch Zufall fiel sein Blick auf die Kommode. Hatte er sich getäuscht oder schien der Hund irgendwie verändert?

Er drehte ihn nach allen Seiten. Der Schriftzug am Rad, das war gar nicht seiner! Doch das war es nicht, was ihn so sehr störte. Der Fleck, der Fleck war dunkler geworden. Egal, wie lange er ihn anstarrte, in welches Licht er ihn drehte, der Fleck war eindeutig dunkler.

Dennoch konnte und wollte er dem Ganzen keine Bedeutung zumessen. Er litt doch nicht unter

Verfolgungswahn! Über sich selbst lachend stellte er den Hund zurück an seinen Platz.

Der Tag verlief ruhig. Er hatte die letzte Nacht beinahe vergessen, als er seine Wohnung betrat. Alles stand, wo es immer stand. Und er legte sich zufrieden abends ins Bett.

Nachdem er eine Weile geschlafen hatte, wachte er auf. Er war sich sicher, irgendetwas hatte ihn geweckt. Da war es wieder! So konnte das nicht weitergehen! Eine schlaflose Nacht reichte ihm. Also zwang er sich, seine Augenlider einen Spalt weit zu öffnen, um zu sehen, was es war, das ihm da den Schlaf raubte. Vor Schreck riss er die Augen ganz auf.

Der riesige Schatten eines Hundes füllte die gegenüberliegende Wand. Und ihm war, als ob Blut von der Schnauze des Schattens tropfte.

Sein Atem wurde flach und schnell. Er wusste, dass es kindisch war, so vor dem Schatten eines Spielzeugs zu zittern. Doch er konnte seinen Blick einfach nicht von dem bizarren Schauspiel an der Wand abwenden. Hypnotisiert starrte er auf das weitaufgerissene Maul.

Mit aufgehender Sonne wurde der Schatten immer kleiner, bis er Normalgröße erreicht hatte und friedlich neben dem Holzhund lag.

Schwach und steif stand er auf und lief ins Badezimmer. Er war blass. Viel blasser noch als gestern. Vielleicht sollte er sich krank melden? Er ging zum Kleiderschrank. Hatte sich der Hund bewegt? Die Schnauze hob sich jetzt noch dunkler vom Rest des Holzes ab. Sie schimmerte sogar leicht rosa.

Es war nur ein Spielzeug! Er hatte Angst vor einem Spielzeug! Egal. Er fühlte sich schlecht. So schlecht wie nie. Er ließ seinem Chef ausrichten, dass er krank sei.

Grübelnd saß er auf dem Bett und beobachtete misstrauisch den Hund. Das! Das war nicht sein Hund! Er musste ihn wieder loswerden. Kurzerhand packte er ihn und warf ihn aus dem Fenster.

Dabei verspürte er einen stechenden Schmerz. Kleine Blutströpfchen bildeten sich zwischen Daumen und Zeigefinger. Das Vieh hatte ihn gebissen! Unfassbar. Aber wenigstens lag es jetzt unten auf der Straße. Beruhigt legte er sich ins Bett.

Einige Zeit später weckte ihn ein leichtes Klopfen an der Wohnungstür. Er öffnete sie. Niemand da. Als er sie wieder schließen wollte, bemerkte er etwas zu seinen Füßen. Das durfte doch nicht wahr sein!

Da war er wieder. Nicht einen Kratzer hatte er abbekommen. Zweifelnd nahm er ihn hoch. Auf dem

Ding lag ein Fluch! Vielleicht sollte er ihn zurück in den Spielzeugladen bringen? Heute war es schon zu spät. Er schloss den Hund in einen der Schränke ein.

Diese Nacht wälzte er sich ein weiteres Mal von einer Seite auf die andere. Etwas sog ihm den letzten Atem aus. Schweiß strömte aus allen Poren und ihm war kalt.

Da war nichts im Raum. Und doch spürte er, dass er nicht allein war. Er taumelte ins Bad und sah in den Spiegel. Das war nicht er! Leichenblässe grinste ihn aus dem Glas an. Entsetzen packte ihn. Er riss die Schranktür auf und holte das Spielzeug hervor. Die Schnauze hatte sich rot gefärbt. Er musste ihn zerstören, koste es, was es wolle!

Hastig entfachte er Feuer im Kamin. In die höchste Flamme setzte er den Hund. Hitze bildete sich um ihn. Mit hysterischem Lachen begleitete er den Flammenfraß. Seine Augen funkelten im Widerschein des Feuers.

Brennen sollst du! Brennen! Seine Hände krampften sich eng an seinen Körper. Noch einmal sah er das tropfende Blut an seinem Maul. Dann fiel er.

Der Keller

Er saß auf einer Parkbank und genoss die Abendsonne, die auf sein Anwesen schien. Eine Baumallee gab den Blick auf ein großes Gebäude aus dem 17. Jahrhundert frei. Er hatte es durch einen glücklichen Zufall vor zwei Jahren erworben, um hier seinen Lebensabend zu verbringen.

Langsam ging er den hellen Kiesweg zurück. Vor dem Eingang streiften seine Augen liebevoll den kleinen Rosengarten, auf den er als angesehener Rosenzüchter besonders stolz war. Gemächlich durchschritt er die Eingangshalle, vorbei am großen Kamin ins Nachbarzimmer. Dort stand ein Sekretär zwischen den Fenstern. Frisch angeliefert im Austausch für ein barockes Schränkchen. Der Möbeltransport musste jeden Augenblick zum Abholen kommen. Da klingelte es auch schon. Das Verladen ging zügig.

Plötzlich fiel ihm ein, dass eine ähnliche Kommode aus dem Barock im Keller lagerte. Er hatte sowieso keine Verwendung mehr dafür. Also schlug er vor, diese ebenfalls zu verladen. Kurz darauf stieg man hinab in die dunkle, modrige Kühle. Die Kommode war etwas sperrig und schwer, so dass die Träger ungewollt gegen die Wand stießen. Der Putz rieselte. Doch im dämmrigen Licht waren keine größeren Schäden zu sehen.

Als er wenige Tage später den Keller erneut betrat, war die Angelegenheit bereits vergessen. Doch dann spürte er den knirschenden Gips unter seinen Füßen. Er bückte sich, um den Schaden im Mauerwerk genauer zu betrachten. Seine Finger strichen vorsichtig Staub und loses Geröll von der Wand. Dabei fuhren sie über etwas Glattes, das noch kälter als das umgebende Gestein war.

Neugierig entfernte er noch ein wenig mehr Putz um die Stelle. Dunkles Metall kam zum Vorschein. Er wollte sehen, wie weit es reichte und holte einen Pickel. Nach einigen Minuten hatte er die Umrisse einer Tür freigelegt. Seine Augen glitten dem Strahl der Lampe folgend über den Fund in der Wand. Die Klinke fehlte. Doch das Metall war kunstvoll geschmiedet. Die Tür musste recht alt sein. Vielleicht war sie schon bei der Errichtung des Hauses eingebaut worden. Verwundert holte er sich die Baupläne, die man ihm beim Kauf übergeben hatte. Da war nur der Teil des Kellers eingezeichnet, den er bisher kannte. Hatte man sie einfach übersehen? Doch welchen Sinn machte eine Tür, wenn nichts dahinter lag? Also sah er sich nach einem Brecheisen um.

Zu seinem Erstaunen gab die wuchtige Tür sofort nach. Er leuchtete ins Dunkel. Ein Gang wurde sichtbar, an dessen Ende sich eine weitere Eisentür befand. Der Schlüssel steckte noch im Schloss. Beim Öffnen schlug ihm ein scharfer Essiggeruch entgegen. Ein Gewölbe tat sich vor seinem Blick auf. Zu beiden Seiten standen alte Karaffen, Fässer und Regale mit Weinflaschen.

Wenn seine Berechnungen richtig waren, lag der Weinkeller genau unter seinem Rosengarten. Er betrachtete die Flaschen. Keine Jahreszahl. Sie schienen in gutem Zustand zu sein. Selbst die Korken waren noch nicht brüchig. Wahllos griff er sich eine heraus, ging zurück zur Treppe und stieg hinauf zur Eingangshalle.

Er hatte ganz die Zeit vergessen. Sein alter Schachpartner saß schon am Kamin und rutschte im Sessel herum. Es schien ihn etwas zu bedrücken. Da war kein gutes Spiel zu erwarten. Also setzte er sich seufzend zu ihm und hörte sich erst einmal seine Klagen an. Die Frau wollte ihn verlassen. Ach so. Mit Frauen hatte er auch nie viel Glück. Außer mit ein paar tröstenden Worten konnte er ihm nicht helfen und die Partie war sowieso gelaufen.

Da fiel ihm die Weinflasche wieder ein, die er die ganze Zeit in den Händen gehalten hatte. Auch wenn er nicht zum Retten von Ehen taugte, einen guten Tropfen sollten sich alle Partner gönnen. Er wusste, dass dies keine große Hilfe war, aber der Freund klammerte sich freudestrahlend an den Wein.

Schon am frühen Morgen saß der Leidgeplagte wieder vorm Kamin und erwartete ihn ungeduldig. Erregt erzählte er vom Verlauf des gestrigen Abends. Ein Wunder sei geschehen. Seine Frau habe den Wein probiert und ihm prompt vergeben.

Er kannte die Frau seines Freundes und war mehr als erstaunt über diesen Ausgang. Sie war wohl kaum der Grund für die Versöhnung. Blieb nur der Wein. Er musste unbedingt einen dieser Säfte kosten.

Nachdem sein Gast unter mehrfachen Dankesbekundungen gegangen war, lief er in den Keller und goss sich bald darauf ein Glas der roten Glut ein. Der Wein roch seltsam, aber nicht unangenehm. Vorsichtig nahm er einen Schluck. Seine Zunge tastete erst Feuer, dann Leidenschaft. Eine ungeheure Zufriedenheit durchspülte seinen Körper. Dieser Tropfen war das Tor zur Glückseligkeit. Und es war geöffnet. Warum sollte er allein in diesen Genuss kommen? Behutsam verpackte er ein Dutzend der Flaschen und schickte sie an Freunde und Menschen, die ihm etwas bedeuteten.

Alle Beschenkten hatten ab sofort sowohl privat als auch beruflich unglaubliches Glück. Sogar gesundheitliche Beschwerden verschwanden wie von selbst. Schnell verbreitete sich das Gerücht, ein Rosenzüchter wäre nicht ganz unbeteiligt daran. Es hieß, er hätte sie von einem Zaubertrank kosten lassen.

Von der wundersamen Geschichte hörte auch ein Erzkonkurrent und Neider, der beschloss, der Sache nachzugehen. Natürlich war diesem bewusst, dass ihm sein alter Feind nichts schenken würde. Doch kannte er die Gutmütigkeit der Menschen genau und wusste diese sehr gut für sich auszunutzen.

Als mentales Wrack schlich er sich in den Landsitz seines Hassobjektes ein und schilderte sein Bedauern über vergangene Jahre des Neides und den verlorenen Traum der Zukunft. Aalglatt schmiegte er sich zwischen Kamin und alte Feindschaft. Süße Worte trugen das Opfer seiner Verachtung in den Keller.

Nur diesmal versagte das Licht seinen Dienst. Mühsam tastete sich der alte Mann zu einem der Regale vor und griff nach einer Flasche. Ohne zu kontrollieren, welchen Wein er gebracht hatte, goss er dem jammernden Schwindler ein. Dieser kippte das Glas in einem Zug hinunter. Noch bevor er sich selbst einschenken konnte, bemerkte er, dass das Etikett überklebt worden war.

Als er sich über den wahren Inhalt vergewissern wollte, traf ihn ein stumpfer Gegenstand am Hinterkopf. Er stürzte zu Boden. Dann schlossen sich gierige Hände um seinen Hals. Dunkelheit umfing ihn.

Der Neid bahnte sich seinen Weg in den Keller und fand den Grund seiner Existenz. Noch ehe er sich an ihr satt sehen konnte, fiel die Tür zurück ins kalte Gemäuer. Vergebens suchte er auszubrechen. Der Weinkeller hielt jedem Angriff stand.

Das Licht wurde schwächer, der Atem flacher. Heiß brannte es in seinen Adern. Flammen fraßen an seinen Eingeweiden. In seiner Verzweiflung leerte er eine Flasche nach der anderen. Aber das Feuer wurde stärker und verzehrte sein Inneres.

Der Morgen war kühl und ruhig. Das Haus stand unverändert. Nur auf dem Rosenbeet wuchs eine unbekannte Blume, dunkel und verheißungsvoll. Allein die Bienen schienen sie nicht zu sehen.

Traumzyklus

(2002)

> Wenn ich sterbe, stirbst auch du,
> sagte die Nacht.
> Ich kann nicht sterben,
> sagte der Traum.

Alles ist, wie es ist. Es scheint nur anders.

Die rot umhüllte Sonne fiel ins Meer, und das Meer verschluckte sie. Da dehnte sich das Meer und der Feuerball zerbarst in viele kleine funkelnde Sonnen und einen großen kalten Stein. Und der Stein war stumm. Doch er sah herab und hörte alles. Alles, was die Erde ihm zuflüsterte und manchmal schrie. Liebesschwüre und Hass, denn sie war ein leidenschaftlicher Planet. Und die Vernunft ist nur eine Abart der Leidenschaft. Auch der Vernünftige leidet unter seiner Vernunft. Und wer vernünftig sein will, muss die Vernunft auch leidenschaftlich gebrauchen. Es gibt keinen Antagonismus von Leidenschaft und Vernunft, nur den von Leidenschaft und Tod. Und noch war die Erde leidenschaftlich, gehüllt in den Schleier eines Traumes.

    Manchmal hatte sie Angst, dass ihr Hass und Zorn genauso groß sein könnten wie ihre Liebe. Weinend und brennend hob sie dann ihre Stimme zu dem kalten Freund am Firmament. Doch er war nur ein Stein, gehalten im Netz der Nacht.

Das Netz hatte Löcher. Durch diese schlüpften Träume und flossen zurück ins Meer. Und das Meer begann, sie dem Wind zu erzählen. Und dieser blies sie in die Gedanken der Menschen, wo sie zur Sehnsucht wurden.

Kleine, rötliche Wellen schwappten über die Kiesel am Ufer und strichen sanft über ihre Rundungen, bevor sie das Meer zu sich zurückzog. Und wieder kosten sie in wildem Wettlauf kalten Stein. Die Nacht spiegelte sich in ihrem Spiel. Der Traum hatte kein Spiegelbild.

Als sie die ersten Strahlen des Morgengrauens trafen, sah der Traum zur erblassenden Nacht. Und er wünschte, er könnte sterben wie sie, um phönixgleich neu geboren zu werden. Da begann er, die Geschichte vom Übermenschen zu erzählen.

Der Übermensch

Der Übermensch führt immer über den Unmenschen. Der Unmensch erhebt sich über das Etwas, denn er verleugnet. Er verleugnet den Tag, die Nacht. Er verleugnet den Traum.

Ein guter Traum wird nicht wahr. Aber es muss die Möglichkeit der Erfüllung bestehen. Doch es gibt zu viele Träume, die nicht in Erfüllung gehen können, und zu viele Träume, die man sehen kann. Also verschließt der Unmensch die Augen.

Der beste Traum ist der, den man lebt, ohne das Wissen seiner Existenz. Doch der Unmensch weiß, deshalb verleugnet er.

Er leugnet sich selbst im Angesicht des Nichts. Doch das Nichts verschlingt ihn nur ins Leere. Und er fällt immer tiefer, in sich.

Er ist sich fremd, weil er sich nah ist. Er fühlt sich dem Nichts nah, weil es ihm fremd ist. Er fällt und träumt vom Nichts und leugnet.

Manchmal wacht er auf und sieht sich. Und manchmal lässt das Nichts ihn erkennen. Dann findet er keine Ruhe vor sich selbst. Und er sinkt hinab ins Meer und zerbirst in lauter kleine Sonnen.

Die Sonnen fangen an zu brennen. Und ihn blendet sein eigenes Glühen. Da schließt er erneut die Augen und sinkt noch tiefer, bis auf den Grund. Da liegt er und fällt langsam in den Schlaf. Und irgendwann begräbt ihn der Grund.

Dann nimmt der Schlaf Form an. Und je länger er da liegt, desto mehr zerfällt er wieder und tastet sich durch die Wellen des Meeres und träumt darüber hinaus. Um so mehr er sich teilt, desto mehr zerfließt er in den Traum. Und er lebt, dass er das Nichts ist – der Übermensch.

Was erzählst du da?,
        fragte die Nacht.
Nichts,
        sagte der Traum.

Da sahen sie das Wort *sein*, transzendent und doch deutlicher als sich selbst. Wer hatte es geschrieben? Eine Hand? Es gibt Momente, in denen der Verstand aussetzt und Bewegung wird. Und manchmal wird die Bewegung der Bewegung Zeit. Bewegliche Zeit, doch unvergänglich, vergänglich und noch nie gewesen.

Und im All schwebt einsam ein Planet, viel dunkler als das All. Und der Planet trägt Berge, bedeckt mit Eis. Auf den Bergen stehen Menschen und schauen in die Schwärze des Universums. Und die Menschen haben Herzen, viel dunkler noch als der Planet. Und die Herzen haben Augen aus Eis, viel kälter als das Eis der Berge. Aber das Eis umschließt eine glühende Sonne, die zu brennen beginnt. Und die Sonne verbrennt das Eis. Und das Eis verbrennt die Augen. Und die Augen sehen die Herzen, die in den Menschen anfangen zu schlagen. Und die Menschen auf den Bergen beginnen vor Verlangen zu brennen. Und die Berge heben des Planeten kleine Sonnen in die Höhe der Schwärze. Und der Planet brennt im Herzen des Universums.

Und die Menschen werden zu Schatten, flüsternd, flüsternd. Der Mensch stirbt nicht, es sei denn durch eigene Hand, Unbedacht oder die Unbedachtsamkeit eines anderen. Er ist ewig und ewig sich selbst. Und die Schatten werden transzendent. Nur der Traum ist größer als sie, sonst wären sie der Traum. Und doch gibt es einen Moment, in dem sie den Traum überspringen, - das Nichtbild.

Das Nicht-Bild

Du springst
In hautumwickelte Knochengedanken
Das Gerüst zerfällt
Doch du wirst gehalten
Durch stets veränderlichen Raum
Der sich dir anpasst
Und zu klein wird
Und ein alltäglicher Gedanke
Zerbricht die Wand
Und du fällst
Fällst in einen Kegel
In dem du dich selbst siehst
Und doch nicht du selbst bist
Sein wirst, warst
Und doch ganz bist
Und du fällst in einen Schlaf
Und siehst dich schlafen und atmen
Und du verlierst dich in dem Atem
Und der Atem beginnt zu erwachen
Und fließt in dich zurück
Und mit jedem Atemzug
Siehst du dich
Älter und jünger werden

Und siehst dich doch nicht
Und bist plötzlich im Atem selbst
Und dehnst dich und ziehst dich zusammen
In ständiger Veränderung des wachsenden Atems
Da atmest du zu spät
Und veränderst dich selbst
Und der Atem teilt sich
Und doch atmest du in allen
In allen gewesenen, allen folgenden
Du atmest in der Zeit
Du atmest die Zeit
Die Zeit atmet dich
Wie atmet man?
Was ist der Atem?
Und du fällst zurück in den Kegel
Und kannst keine Antwort finden
Du weißt nicht einmal, ob du fällst oder steigst
Vielleicht beides, vielleicht gar nichts
Irgendetwas ist da
Doch du kannst ihm weder Namen noch Bild geben
Da waren welche, die hätten sein können, waren es und waren es doch nicht und sind doch,
    waren nie gewesen
Und doch verändert sich alles
Und du weißt, weißt nicht und siehst etwas Neues

Bist du, bist du nicht? Oder bist du ein Anderer?
All dies
Muss aber nicht nicht wahr sein, war niemals wahr
Und kann es niemals sein
Du bist unschuldig mit dem Willen zur Macht
Denn die Wahrheit gibt es nicht mehr
Nur die Veränderung in der Zeit
Durch die Zeit
Zur gleichen Zeit
Die Schaffung der Wahrheit, das Neue
Die Fiktion
Der Fall
Vorher und Nachher fallend
Werdend

Der Anschlag

Sie kennen den Tod, aber nicht das Leben. Deshalb lieben sie den Tod und verachten das Leben. Sie verstehen nur das Sterben, das Nichts, denn sie sind das Nichts.

Manchmal erheben sie sich und laufen die Straße hinunter. Dann stehen sie und sehen sich nach. Wie sah doch gleich ihr Gesicht aus? Nicht einmal die Erinnerung gab einen Blick frei. Gleich waren sie verschwunden. Sie stehen und sehen sich nach. Dann ist die Straße leer.

Doch der Asphalt bekommt Risse. Leichname wachsen daraus empor und greifen nach den blinden Augen. Bleiche Knöchelchen umkrampfen das Nichts der Gedanken, doch nicht, um sie zu halten, nein, um sie zu schieben, zu ziehen, die ganze Straße zu dehnen.

Und da sehen sie sich wieder laufen und beginnen, hinter sich herzurennen. Immer näher kommen sie sich, doch sie erkennen nicht den Rücken vor sich, den Rücken ohne Gesicht. Und der Rücken beginnt zu grinsen. Er dreht sich um die eigene Achse und bleibt doch nur ein Rücken.

Und im Sehen wächst der Hass. Er frisst sich in das Grinsen, bis es sich langsam verzerrt, verzerrt zu einem Lachen. Und das Lachen reibt sich an den Knöcheln der Straße und explodiert.

Die Straße

Genommen haben sie mir Wut und Glanz. Die Straße unter meinen Füßen ist lang, der Blick geradeaus so staubig wie zurück. Getragen wird der Geist auf müden Knien. Die Hand sucht nach der Wiege des Schlafes und wird doch stets hinausgestoßen in den Tanz der Sanddämonen des Windes. Schwer drückt der Atem ins Blut, das zäh durch kalte Adern wälzt, geronnen durch Zeit und Raum, der mich verlassen hat. Altäre der Jahrhunderte bauen sich zu beiden Seiten auf. Grinsen die Gesichter, denen ich einst mich opferte? Vergeblich wartet ihr auf Tropfen hohler Venen. Leergepumpt starben die Helden zu meinen Füßen, sickert Rot zu meinen Füßen, zu Ehren meiner Müdigkeit. Die Straße endet nicht, sie endet nie. Man bleibt nur auf ihr liegen. Ein weiterer Opferstein zu halten den Staub. Verblassende Namen in hartem Stein. Ein Fuß vor den anderen in vergangene Zeiten.

Blühend, unverwundbar hielt meine Hand das Schwert in einem Kampf, der nur den Sieg zuließ. Gewonnen habe ich, um zu verlieren. Knurrende Hunde zerren am Fleisch meiner Nerven. Lachend trug ich die Fetzen meines Gewinns, im Sonnenschein ein Königsgewand. Doch nachts krochen die Würmer heraus und fraßen sich in mein Gebein. Der Traum ewigen Seins zerfiel im Dunkel staubiger Straßen, kurz seufzend in flackernder Flamme des Feuers, weinend im rinnenden Bach. Gehalten wurde ich vom alten Bild. Getötet die Weisheit, die Kunst, die Liebe auf dem Kreuzweg in unendlichen Staub.

Dröhnend dringen Trommelklänge an mein Ohr. Zurück! Zurück! Spiel mit dem Staub, den du atmest, tanze auf dem Boden, den du trittst! Der Blick wendet sich sehnsuchtsvoll zur anderen Unendlichkeit. Der Körper erstarrt. Erschöpfung heilt die klaffende Wunde der Zerrissenheit. Doch von Verlangen getränkt formt sich der Staub zu deinen Füßen und bläst dir Atem ein. Du verlierst die Erinnerung an das Gehen und verlässt die Straße im wirbelnden Atem deiner selbst.

Das Kind

Das Kind sieht alles. Die Angst der Spinne, Eisblumen am Fenster, den Windhauch, der den Staub tanzen lässt, die kleinen Löcher im Straßenpflaster. Die falschen Worte der Augen und das verräterische Zucken des Mundes. Es sieht alle Äderchen und alle Grüntöne des Blattes und das Wachsen der Kastanien. Es sieht die Bewegung der Schatten im Zimmer. Es sieht die Sonne auf- und untergehen. Und es sieht alles, als sei es das erste und letzte Mal.

Das Kind sieht alles. Das Alter übersieht es. Es achtet nicht auf die Motte, die das Licht umfliegt, bis sie tot herabsinkt, nicht auf den Samenflug der Pusteblume. Manchmal achtet es auf gar nichts und erblindet im Blick.

Und der Blick seufzt, wenn alles so einfach wäre. Und der Seufzer umschließt, es ist es. Fühlend bejaht er, denkend streitet er ab, denn das Herz sieht, der Gedanke ist blind. Und der Seufzer flieht.

> Greift ihn das Kind, hält er es:
> > Ich vereine die Sehnsucht meiner Ahnen.
> > Ich bin die Sehnsucht, die alle Orte, alle Zeiten verbindet. Ich bin die Welt, die sich nach sich selbst sehnt.

Kann es ihn halten, löst sich sein Griff:
> Ich sitze auf den Resten meines Seins und mein Herz baut all die Bilder wieder auf, die mein Auge zertrümmert.

Todeszelle

Nichts konnte ich bewegen, nur atmen. Atmen. Ich sah nichts und hörte nichts außer einer Stimme, die mich immer und immer wieder fragte, ob ich noch etwas sagen wolle.

Oh, ich hörte sie! Und Gedanken flossen durch meinen Körper und pulsierten gegen die Wände meiner Adern. Ich schwitzte Tränen und hörte, hörte in die Stille der Stimme.

War es eine Frage, eine Antwort? Antwort worauf? Meine Lippen bewegten sich, doch ich konnte mich nicht hören. Hatte ich etwas gesagt? Hatte ich je etwas gesagt?

Schwarze Schwere senkte sich auf mich herab und zerdrückte mein Gefühl. Wann war ich gestorben? Alle Worte tot. Und Gedankenfluten auf meinen Lippen.

Und ich hörte das Echo der Stimme, wie es immer und immer wieder von Geisteswänden abprallte, gefangen zwischen ungeformten Gedanken.

Die Erschütterung ließ mich fallen, fallen ohne Richtung. Kein Schrei, der mich retten könnte. Also zerbiss ich die Lippen, die nichts sagen konnten. Und das Leben der Gedanken schoss heraus. Sprachlos quellend küsste es träumende Lippen und ein lachendes Kind rann durch die Adern.

Der Stein

Ich habe die Welt und die Nichtwelt geblendet, das Leben und den Tod. Doch der Geist, der mich trug, ließ sich plötzlich tragen. Und ich warf Schatten, Schatten so groß wie meine Träume.

Die Schatten fassten mich und zogen mich hinab ins Dunkel. Aber die Schwärze hatte scharfe Konturen, die meine Augen schnitten und meinen Stolz.

Und der Stolz fraß sich in meinen Geist. Dieser trat aus dem Dunkel und erhob sich über sich selbst. Hatte er vorher mit Steinen nach der List anderer geworfen, warf er sie nun auf die eigene, unverwundbare.

Also schloss ich ihm die Augen und vergaß. Doch wenn ich mir fremd gegenübertrat, zuckte ein Grinsen um den Mund des Truges und das Scheinbild fiel zusammen. Nur die Augen blieben übrig, wachsam, sich selbst beobachtend.

Und die Äpfel des Wissens wurden schwer und süß von der Lüge, schwer wie Stein. Aber der Stein bewegte sich und das Vergessen folgte ihm.

Ich wollte ihn aufhalten, doch meine Hände griffen jedes Mal ins Leere. Nichts konnten sie fassen. Und doch rollte der Stein, rollt durch mich hindurch und erdrückt mich.

Und so trage ich die Last, die mir immer wieder entgleitet und hinabrollt in die Schwärze meines Bewusstseins. Ich sehe ihr nach, sehe sie entschwinden, ich kann sie nicht halten und doch muss ich sie halten, weil sie mich hält.

Labyrinth

Sie nannten mich Ungetüm und sperrten mich ins Labyrinth. Hungernd irrte ich umher zwischen kalten Marmorsäulen. Manchmal sah ich kleine Träume zwischen ihnen fliehen. Dann lief ich ihnen hinterher. Doch jedes Mal, wenn ich sie einholte, starben sie im Blut, das an meinen Händen klebte. Ich lechzte nach ihnen, dürstete und sah doch nur Fetzen an den Wänden, die mich noch tiefer in die Gänge der Leere führten. Leere, die ich nur mit dem Rot des Todes füllen konnte.

Ich sank in den Marmor. Wohin ich auch tastete und trat, er verlor seinen Glanz, verweigerte mir mein Bild. Eisig umschlossen mich die Wände, mich und die meiner Leere Geopferten. Nichts entkam mir, auch ich nicht. Das Selbst lachte schallend und erstickte.

Ewig lag ich, ewig meinen Körper verlassend, ewig gefangen, ewig fliehend, ewig liegend. Und der Marmor wurde zum weichen, seidenen Faden, der mich umschlang im Netz der Spinne. Fester und fester schnürte er mich. Es kam niemand, niemand, der ihn zerschnitt, endgültig zerschnitt.

Stattdessen beugte sich der Schatten des Anfangs über mich. Er trennte Kopf und Körper, die zusammenflossen, das Labyrinth füllten, Eingang und

Ausgang fanden, in sich flossen zu einem großen Traum. Endlich, doch ohne Ende, fließend.

Der Mittelpunkt

Nur einen Moment verließ ich meinen Mittelpunkt und als ich zurückkam, fand ich ihn nicht mehr. Also floh ich wieder und wieder. Doch es gab nichts mehr, vor dem ich fliehen konnte. Das ruhige Schwellen hatte sich in tosendes Bersten gewandelt. Ich war aus mir herausgetreten und fand mich nicht wieder.

Sinnlos, nach der Unmöglichkeit zu suchen. Sehnen blieb gefangen in den hellen Räumen des Traumes, der immer mehr Leben an sich zog und mich in der Finsternis zurückließ.

Ich versuchte, auszubrechen, doch woraus, woraus? Ich drehte mich in demselben Traum. Ich fiel in den Trichter seiner blendenden Hülle. Mit jedem weiteren Schritt stürzte ich in einen anderen Trichter, ohne je das Ende zu erreichen.

Da war der Mittelpunkt des Anderen. Doch ich verpasste ihn. Ohne Bedauern entglitt ich seiner Form. Ich glitt durch jegliche Begrenzung, formlos, die Form fliehend und doch danach verlangend.

Die Mitte hatte sich an den Rand verschoben. Doch ich stürzte über den Rand hinaus und schlief ein, mit dem Bild der Sehnsucht über mir, umhüllt von grauen Nebeln, nur hin und wieder lockend hervorleuchtend. So schlief ich ein, gebettet auf die Schwärze meines Falls, auf den Tag wartend, an dem sich die Nebelschwaden lichten würden.

Pygmalion

Er wächst
Dunkelheit durchwabert Raum
Leuchte ihm in die Augen!
Gleißende Stiche zerreißen Körper
Alles in Ordnung.
Der Atem flach
Zittert auf der Schwere des Lakens
Kühl legen sich Stimmen auf die nackte Brust
Er dürfte bald fertig sein.
Offengelassene Türen atmen Kameras auf die Blöße
Lasst ihn nicht aus den Augen!

Langsam übertrifft er sein Portrait
Übertrifft er auch sich?
Er schläft
Toter Traum umhüllt die schmerzenden Glieder
Stimmen verlieren sich in Sprachlosigkeit
Größe senkt sich auf die Hülle der Geschichte
Streift den göttlichen Augenblick

Er ist es.
So wie er war.
Versteht er uns?
Leuchte ihm in die Pupillen!

Ungesehen verglüht Augenglanz im Feuer erwarteter Vergangenheit
Alles in Ordnung.
Aufsteigende Bewegung schneidet Fleisch
Doch leicht trägt Körper schwere Gedanken
Verhasste Stimmen versperren den Weg durch die Tür
Eingeschlossen in grellem Licht formt sich Idol

Hast du ihn gesehen?
Da vorne ist er.
Er ist immer vorn.
Die Welt liegt ihm zu Füßen.

Sie kennend tritt Verachtung Erwartung
Geformtes scheut die Form
Ich bin der, der nicht mehr ist.
Der ewig Geborene.

Erinnerung verdeckt die Zukunft im Bild
Sehen ausgeschlossen
Nur Sehnen
Sie atmen Form

Hierher!
Komm zu mir!

Hände greifen nach der Lust zu sein

Ich bin nicht.
Ein Anderer ist.

Der Griff geht ins Leere und doch greifen sie.

Ich wachse.
Schaltet das Licht aus!
Es ist nicht mehr nötig.
Seht ihr mich?

Komm doch her!
Wir lieben dich.
Widerstand zwecklos.
Brust hebt sich, Ich fällt
Ich wachse.

Die Mücke labt sich am Blut alter Versprechen
Ich liebe euch auch.
Ich wachse.

Die Fahrt

I

Ich bin Odysseus. Ich herrsche nicht mehr, ich werde beherrscht, nicht von Unbekanntem, nein, vom Bekannten. Ich sitze fest auf der Insel der Menschheit und richte meinen Blick ins Schwarze eines verlorenen Traumes. Manchmal wünschte ich, ich träume, doch ich träume nicht mehr. Ich träume nicht. Denn der Traum wurde Realität, und die Wirklichkeit ist Traum.

Ich warte. Die Zeit vergeht. Ich werde alt, ohne älter zu werden. Ich warte darauf, nicht mehr warten zu müssen. Es scheint, als habe man mich vergessen. Vergessen am Rande eines Traumes.

Ich hinterlasse Spuren im Sand, jeden Tag neu, jede Nacht alt. Wenn ich erfasse, kann ich's nicht halten. Doch mich glaubt man, festhalten zu können.

II

Einst war ich Schauspieler und spielte den Odysseus. Doch eines Tages erwachte ich auf schwankendem Boden. Der Sturm peitschte die Segel, Land war nicht in Sicht und mich umgab die Angst. Sie sah mich an, und ich sah nur zurück, denn ich war nicht mehr ich. Ich glaubte, ein anderer zu sein, also verlor ich mich.

Ich wurde zum Spielball der Salzfluten, die mir und denen, die mich Freund und Gebieter nannten, spotteten. Sie verzerrten mein Spiegelbild zu einem höhnischen Grinsen und spuckten mich letztendlich an eine einsame Küste.

III

Wir hatten Hunger und fanden eine Höhle. Ich kannte diese Höhle, doch ich sagte nichts, denn ich traute weder meinem Gefühl, noch meinem Verstand. Ich wartete auf das große Gespenst, das mich meinem Traum entreißen sollte. Und Polyphemos kam und ging nicht wieder weg.

Er starrte uns an und sah uns nicht. Er begann, uns zu fressen. Und ich baute eine Waffe, weil ich töten wollte. Und ich tat es. Der Stein vor der Tür war leichter als meine Gedanken, da ich ihn kannte, weil ich ihn jeden Tag wegwälze.

Wir gelangten zum Schiff und segelten weiter. Aber wir fuhren im Kreis und das Meer spie uns an derselben Stelle aus, die wir zuvor verlassen hatten. Immer und immer wieder.

Wir betraten erneut die Höhle des Kyklopen. Und Polyphemos fraß weiter. Jedes Mal starb er, jedes Mal war er nicht tot. Egal, was ich tat, die Höhle hielt uns gefangen. Also entschloss ich mich zur Wiederholung. Als Niemand blendete ich den Gefräßigen. Und er gab Ruh, indem er schrie und uns laufen ließ. Seine Steine trafen nicht, seine Klage um so mehr. Er schrie meine Existenz ins Nichts, ins Leere. Er rief jemanden, an den ich nicht glaubte. Die Antwort trieb unser Schiff in einen Sturm. Und mit ihr trieb mein Spott, denn ich glaubte auch nicht an die Wiederholung.

IV

Ich weiß nicht, wie lange wir auf diesem dunklen, undurchdringlichen Blau schwammen, das uns wieder und wieder zu verschlingen drohte. Es peitschte unsere Schläfen, leckte unsere Nerven mit seiner salzigen Zunge. Wir durchquerten die ganze Welt, ohne etwas zu sehen, ohne uns von der Stelle zu rühren. Mit zusammengekniffenen Augen suchten wir nach Land und klammerten uns an nackten Fels, froh, nicht zerschellt zu sein.

Es war die Insel des Aiolos. Er bot mir seine Hilfe an. Ich kannte meine Gefährten nicht, aber ich wusste von ihrer Neugier, also lehnte ich das Geschenk ab. Aiolos lachte nur und blies mich zurück auf mein Schiff. Manche Geschenke verfolgen einen, mich verfolgte es bis kurz vor Ithaka. Da bemerkte ich den prall gefüllten Schlauch, leider auch die anderen. Ich warnte sie vor dem Inhalt. Es war leicht für Aiolos, mir seine Winde zu schenken, das Vertrauen meiner Gefährten gab er mir nicht. Und so entfernte ich mich wieder dem Ziel, das meines sein sollte und es doch nicht war.

V

Vorbei an des lachenden Aiolos Insel wurden wir an das Land der Laistrygonen geworfen. Ich hatte es satt zu warnen, ließ mein Schiff abstoßen und überließ den Rest der Flotte seinem Schicksal. Grässlich dröhnten die malmenden Kiefer und die Schreie meiner Opfer. Ich stand am Mast. Hinter mir blutiger Sand, vor mir der blutrote Himmel.

VI

Mein Zeitgefühl verlor sich mit jeder Welle, jedem Windhauch. Das Vertrauen um mich wuchs von Tag zu Tag, doch ich fiel tiefer und tiefer und wagte nicht, das zarte Geflecht durch meinen Blick zu zerstören. Ich sehnte mich nach einem Ufer, das mich auffangen würde. Ich bekam meinen Strand, das Netz der Spinne. Glänzende Kieselsteine, Liebesperlen der Leidenschaft und Sehnsucht. Jede seufzend unter meinem Schritt.

Ein Teil meiner Gefährten folgte der Spur des Hungers, während Gedanken wie Aasgeier über meinem ruhenden Körper kreisten. Übersättigt und hungrig durch ihre Leidenschaft kehrten die anderen bis auf einen nicht aus dem Schoß der Kirke zurück.

Ich versuchte nicht, mich selbst zu retten, doch das Vertrauen, das mich umgab. Also trat ich, mir und den längst vergangenen Schatten fluchend, die mich gefangen hielten, ins Landesinnere. Da drückte mir eine Stimme die Gurgel zu, nahm mir den Atem und warf mich zu Boden. Mir schwanden die Sinne, um mir einen neuen zu öffnen. Die Göttin der Weisheit näherte sich mir und nahm mir mein Wissen. Sie machte mich zu dem, der ich nicht war, dem Hermes half, Kirke zu besiegen und zu betören. Ich fand Gefallen an dem Spiel. Und ich schlief ein in dem Bett der Liebeswogen und erwachte erst ein Jahr später. Nur ungern trennte ich mich von der Liebesschaukel, doch es war nicht mehr mein Leben.

VII

Man zog mich in den Hades. Die Hitze würgte mich, Flammen züngelten an mir, fraßen sich in meine Haut. Verschwommene Gestalten näherten sich mir. Doch die Schatten des Hades waren Gedanken, Taten, die sich nie formen konnten. Athena war weit weg und ich verlor mich wieder, denn Lethe ließ mich sehen. Trotzdem ging ich weiter in das Feuer, bis ich zu Teiresias kam.

Er hatte mir den Rücken zugewandt und ich keuchte ihm meine Frage in den Nacken. Er antwortete nicht, weil ich die Antwort ohnehin schon kannte. Er saß einfach da. Der Schweiß kochte auf meinem Fleisch, doch ich starrte auf seinen Nacken. Ich konnte meinen Blick nicht von ihm lösen. Als ich der Ohnmacht nahe war, drehte er sich um. Sein Gesicht war alt, die Augen sahen ins Leere. Aber ich spiegelte mich darin. Das war ich.

Ich drehte mich um und verließ den Hades, doch ich nahm ein Lachen mit, das in meinem Kopf schwoll. Schwach sank ich zurück aufs Schiff, in die Arme meiner Gefährten, denn ich wusste, dass ich mit diesem Lachen nicht mehr weinen konnte.

VIII

Ich ließ mich an den Schiffsmast binden, obgleich ich schon gefesselt war. Und meine Gefährten ruderten tapfer mit Wachs in den Ohren, vorbei an finstersten Gesängen der Seele. Warum gibt es kein Wachs für mich?

Einsam hockten die Seirenes, fern dem rauschenden Meer, das flüsternd mich rief und gleichzeitig verfluchte. Ich hörte sie und das dröhnende Lachen in meinem Schädel. Qualvoll wand ich mich unter ihrer grässlich krächzenden Harmonie. Ach hätte mich ihr Gesang taub gemacht! Doch ihr Lied blendete mich, denn ihr Wissen war blind. Verwesende Gedanken schrien aus toten Augenhöhlen.

IX

Wie ein welkes Blatt vom Baum fiel ich auf die Planken zurück. Nicht Poseidon ließ mich dürsten, nein, es war das Lachen. Es trug uns zu Skylla und Charybdis.

Nebel erfasste unser Schiff, nur hier und da tauchten Felsvorsprünge auf. Der Geruch der Verwesung kroch uns ins Hirn. Angst wurde dick wie der Nebel und formte sich. Da sah ich das Ungeheuer, ich hatte es die ganze Zeit gesehen. Es hauchte mir seinen faulen Atem ins Gesicht. Doch mich verschonte Skylla, stattdessen fraß sie die, die mich Herrscher nannten.

Das Schiff fuhr weiter ohne unsere Opfer. Aber seitdem saß Skylla unter uns und drückte auf unsere Herzen.

X

Ich hasste die Zukunft, die Vergangenheit war. Und während ich überlegte, ob wir zurücksegeln oder doch wenigstens einen anderen Weg einschlagen sollten, wurde unser Schiff schon zur Insel Trinakria gelenkt. Ich stemmte mich dagegen, ließ die Verzweiflung rudern, dennoch wurden wir sanft auf hellen Strand gehoben.

Wie glänzte doch das vergiftete Paradies! Anschauen darfst du, aber du fasst es besser nicht an. Und wenn du es tust, dann genieße wenigstens. Unter Helios' Strahlen aßen wir seine Sonnenrinder. Mit Genugtuung kaute ich das Fleisch, doch es war bitter, es brannte auf der Zunge, und ich musste das Feuer und mit ihm die Zeit, die mir nicht gehörte, wieder ausspucken. Sie gönnten sie mir nicht, doch ich hatte sie gekostet. Wenn nun Helios seine Sonne verdunkelte, dann musste er auch meinen Schatten auslöschen oder alle gehen lassen.

Der Sturm umfing uns mit Todesarmen. Zeus schleuderte seine Blitze, zerschmetterte das Schiff. Alle ertranken. Ich sah es und wartete. Doch niemand sah mich. Ich trieb in all dem Elend, nackt, ausgeliefert mir selbst, dem Willen des Nichts und Alles.

XI

Ich klammerte mich an ein Stück Holz und schwamm zurück zu Charybdis. Gierig öffnete sich ihr Schlund. Was sollte sie mir antun, das ich mir nicht selbst antun konnte? Ich sprang in die Tiefe der Unsagbarkeit. Aber das tosende Wasser liebkoste meine Glieder und trug mich nach oben, ohne den Grund berührt zu haben. Ich war unverdauliche Kost der Zeit, gefangen in einem Traum.

XII

Das Meer wollte mich nicht und ließ mich doch nicht los. Tiefer und tiefer sank ich in die Fluten dunkler unstillbarer Sehnsucht und sank vor Kalypsos Füße. Sie heilte die Wunden meines Körpers und bedeckte mich jede Nacht mit der Glut der Leidenschaft. Süße Wollust hauchte sie mir in die müden Glieder. Doch etwas in mir blieb bitter. Ich blickte in Kalypsos Augen: Da ist ein Nichts, das dich anstarrt. Siehst du es nicht? Ich weiß, dass du es anschaust. Du schließt nicht einmal die Augen, denn dann könntest du womöglich sehen.

Dieses Nichts. Doch indem ich ihm einen Namen gab, wurde es zu Etwas. Alles Bezeichnete existiert. Vielleicht hatte ich nur Angst vor mir selbst gehabt. Jetzt hatte ich Angst vor dem, was ich nicht bezeichnen konnte. Ja, ich fürchte mich vor dem, was es nicht gibt.

Doch Ogygia war fern der Furcht. Sprache und Gedanken wurden von Küssen begraben. Und ich mochte diese Nymphe, denn sie fragte nicht und erzählte nichts von sich. Wer kommt sich dadurch schon näher? Ich kannte sie nicht, und sie kannte mich nicht. Und hätte ich ihr Jahre über mich erzählt, sie würde mich doch nicht kennen.

Jeder ist seine eigene Welt. Wir gewähren Ansicht, niemals Einsicht. Wir können nur ein Bild von uns geben, niemals uns selbst. Wir täuschen uns, wenn wir die Gemeinschaft mit anderen suchen. Selbst wenn wir zusammen sind, sind wir einsam. Wir haben Angst, weil wir die Wahrheit kennen. Wir suchen die körperliche Einheit, weil wir die innere nie erreichen können.

Es ist schwer, das Leben leicht zu nehmen. Doch die Liebe ist leichter als Luft. Der Atem trägt sie. Sie ist die Lethe des Verstandes und Ambrosia der Leichtigkeit. Doch Kalypso konnte mich nur in ihr baden. Sie gab mir nicht davon zu trinken. Und so erstickte mich der Atem von Tag zu Tag mehr.

Ogygia sollte die Erfüllung meiner Wünsche sein. Doch Erfüllung ist keine Erde, die trägt, nur Dreck, der an den Füßen klebt. Und ich schleppte immer mehr davon. Ich sehnte mich nach dem Sturm, der mich zwischen den Wellen hin und her warf, vielleicht hinauswarf aus mir selbst.

Ich flehte nach Veränderung, und Zeus löste Kalypsos ewige Umarmung.

XIII

Ich trieb wieder auf dem Meer, auf einem selbstgebauten Floß. Nach einigen Tagen verdüsterte sich der Himmel und Poseidons Welle griff nach mir. Der Kampf entriss mich nicht nur meiner Gedanken, das Wasser verschlang mich ganz. Kraftlos sank ich in Poseidons Schoß.

Sein Zorn war unermesslich. Ich hatte seinem Sohn das Augenlicht genommen und wohl auch seines damit verdunkelt. Und er hielt mich in seiner Blindheit.

Doch der Schleier einer kleinen Nymphe hob mich aus der zornigen Schwärze empor. Ich erreichte das rettende Ufer und brach, meiner Sinne beraubt, in die Dunkelheit des Nichts. Doch auch dort durfte ich nicht verweilen.

Stimmen beugten sich über meine Blöße. Eine trug mich bis zu des König Alkinoos Palast. Dort umfing mich ungewohnte Aufmerksamkeit. Ich sollte mein Leben erzählen, von meinem Leiden berichten. Sollte ich ihnen sagen, dass ich mich selbst erduldet hatte? Meine Stimme gab ihnen die alte Geschichte. Woran glaubt man schon? Ich bin ein Lügner, vielleicht, wenn es die Wahrheit gibt.

XIV

Die Phaiaken brachten mich in die Heimat, die mir doch so fern blieb. Der Wind blies sanft über die weißen Hänge und zartes Grün trieb aus hartem Stein. Und der Stein zerbrach.

Die Hirten sahen mich, und Telemachos. Ich war nicht ihr Herrscher und König, aber ich wollte das Gras nicht zertreten. Eingehüllt in Lumpen folgte ich mir selbst in meinen Palast. Da war das Lachen. Es fraß und soff und verspottete mich. Es forderte die Zukunft, doch ich gab sie ihm nicht.

Diesen Abend sah ich die Dankbarkeit und Liebe. Sie machte mir angst, weil ich Gefallen an ihr fand. Sie hielt mich in ihrem Arm und ließ Euryklea meine Füße waschen. Die alte Frau erkannte mich an den Narben, von denen ich glaubte, ich trüge sie nur innerlich. Doch sie schwieg und verriet mich nicht. Niemand verriet mich. Obwohl meine Mordgedanken lauter schallten als das Lachen, das mich ansah.

XV

Grausam umschlich ich das Innerste meines Palastes. Sie wollten mich berauben. Sie hatten es die ganze Zeit getan. Sie hatten mir etwas genommen, von dem ich zuvor nichts wusste. Doch eines konnten sie nicht ändern, die vergangene Gegenwart. Und die Gegenwart waren zwölf Beile.

Wie mühten sie sich, meinen Bogen zu spannen, und warfen ihn mir letztendlich lachend vor die Füße. Ich ließ die Türen schließen und sperrte das Lachen mit mir ein. Der Bogen wurde mir zum Arm. Leicht spannte sich die Sehne und entlud den Pfeil in sein Ziel.

Das Lachen schwand unter dem Schrei meiner zermalmenden Lust. Blutrot färbten sich Hände und Gedanken. Mein Bogen spannte sich, immer wieder,

wieder und wieder. Ich tötete, tötete das Lachen in meinem Kopf. Knöcheltief stand ich im Blut des Feindes. Angenehme Wärme umspülte mich. Ich sah an mir herunter. Und alles war so still.

Die Türen wurden geöffnet und Sonne fiel herein, fiel auf die Stille, fiel in meine Augen.

Troia hatte nie gebrannt, Ithaka brannte wütend in meinem Herzen. In wütender Stille.

XVI

Der Kluge freut sich des Sieges, der Wissende sieht keinen Sieg.

Ich bin Odysseus. Ich suche nicht mehr. Vielleicht wird man mich eines Tages suchen. Eines Tages, am Rande eines Traumes.

Anka Zekanović

Rukoveti ljubavi

Zbirka pjesama

SANJARENJA

A bagrem miriše

Zora se proteže,
pospano javlja
i novi dan
suncem pozdravlja.

Otvorim prozor,
bagrem zamiriše.
Nestašni vjetrić
cvjetne grozdove zanjiše.

Latice bijele
onako u letu
izvedu ljupku
piruetu.

I za časak tili
ne vidim ih više,
a bagrem i dalje
miriše,
miriše.

Zadar, 2017.

Buđenje

U snu sam se kao nekad
malo poigrala,
na livadu bosa istrčala
pa se noge bose
smočile od rose.

I ja plešem po livadi,
miluje me trava,
mrsi kosu i njome se
vjetar poigrava.
Još raširim ruke,
kružim kao
ptice.
Okrenem se da mi sunce
pomiluje lice.

Biserna se rosa još sjaji u travi,
iz obližnjeg grma
ševa me pozdravi.
Još bi malo...
Malo
po travi se valjala,
ali bi se haljinica moja zaprljala.

Baš kada sam htjela
izvesti piruetu,
jedan mali kamenčić
bocne me u petu.

Iznenada nestane nježne igre ove,
jutro mi je
prekinulo
iz djetinjstva snove.

Da mi je...

Da mi je kupiti brodić
mali...
Maleni.
Da me na otočić snova
odnesu valovi.

Tamo bi bila uvala pješčana,
baš mala,
malena...
Na bijelom žalu,
na vrelom pijesku
draga bi čekala.

Tu bi se voljeli,
valove brojili.
Jedan je njen,
jedan moj,
sve druge bi dijelili.

Nemirni valovi
moj brodić odnijeli
i lijepi snovi o uvali maloj
ko balon odletjeli...

Da mi je kupiti brodić
baš mali,
maleni...

Zadar, 2017.

Dunja žuta

Promiču dani.
Korak od ljeta
i korak do zime.
Jesen...

Uvukla se u mračne šume,
polegla na bogata polja.
Izdašno prosula boje,
obojila lišće zeleno
u žuto,
crveno,
smeđe...

Plodova pregršt
sačuvalo toplinu sunca,
skupilo mirise,
obilje radosti
i okuse...

Vjetar briše jutra maglena,
doziva sunce što blijedi sve više.
Duša kao pučina
široka,
razgaljena...
Sve miluje.

Zajesenilo je.

Dok tmurni oblak
nad osamljenim stablom luta,
na goloj grani još miriše
i smiješi se
neubrana dunja žuta..

Haljina od bijelih latica

Badem se jutros rano probudio
kao mlada nevjesta
u haljini od bijelih latica,
a prve im zrake sunčane
daruju
proljetne mirise nade...

Oko cvjetova zazujale pčelice.
Sa mrežastih stolova
odletjele latice...

Hoće li se
u danima što dolaze
opet sresti,
ovim južnim vjetrovima
nošene,
dvije nježne
latice nestašne?

Zadar, 2009.

Kao ja

Ne ogledam se u
tuđim očima,
kao ptica sam
i letim sama.
Ja nisam drvo bez sjene...
Volim grleno brujanje zvona
i da mi kišne kapi sviraju
uspomene.

Dođi,
tkat ćemo svitanju
svilenu izmaglicu,
jutarnjoj ogrlici bisere nizati.
Ako me pronađeš
između svijeta dva,
bit ćeš kao ja.

26. lipnja 2018.

Kišna glazba

Ova kiša što pljušti i gusto pada
pere kamene ulice grada,
slijeva se niz stare
klizave krovove,
tjera u zaklon
siromašne golubove.

A netko se divi
kapima što svjetlucaju,
živahno skakuću
i zvonko kucaju.
Klize po staklu,
nemoćno padaju,
pjevuše u lišću,
kišnu glazbu
skladaju.

Onda iza oblaka sunčeve zrake provire,
kišobrani se mršte,
ulice ožive.
Drveće diše,
kiša je prestala
i nema je
više.

Zadar, 2019.

Mali žuti cvijet

Protegla se omaglica
nad polja i sela,
poljsko cvijeće
sakrila je
ispod sivog vela.

Usred polja
i u magli
mala ševa
pjeva.

Podiglo se sunce,
modrim nebom kreće.
Sjajnom rosom
okićeno
probudi se
poljsko cvijeće.

Tratinčica zablistala,
bijelo lice
pokazala.

Potočnica
plava mala
u nebo se zagledala.

Baš je teško
ne ubrati
cvijetak koji,
još je ljepše
da na njemu bubamara
točke broji.

Samo jedan cvijetak žuti
ne podiže glavu,
slomila ga neka noga
trčeći kroz travu...

Zadar, 2015.

Masline

Među škrapama...
U škrtoj zemlji
kamenu otetoj,
pod ovim nebom plavetnim
caruju masline.

Riječima se ne opisuje
mir kojim one odišu
ni krošnje bujne široke
što s vjetrovima
druguju
i kišama tuguju,
a srebrne
kose rasute
jutarnjem suncu
daruju.

U njima se
gnijezde grlice
i cvrčci glasno sviraju,
bogati hlad rasipaju,
na trudne ruke čekaju.

U njih se ljubav utkana
iz srca u srce
prelijeva.
Nema te pjesme
u kojoj se
maslina ne opjeva.

Zadar, 2017.

Moj naklon svijetu

Ljubav u svom hodu spoji
pod nebeski modri svod
sunce,
zemlju,
ptice,
cvijeće,
al' nikako
ljudski rod.

Dok na Zemlji sve se kreće,
nebo čeka i miruje
da nadanja ljude ispune,
da pravda pravedna postane,
da nitko bez doma
na bespuću ne osvane,
da pod ovim našim suncem
svatko ima komad neba
gdje će moliti kad ustreba.

Ako će ljubav mržnju nadvladati,
ako će se rat u mir pretvoriti,
onda ću se ovom
svijetu nakloniti.

Zadar, 1994.

Mostovi

Mostovi su iznad vode
ruke raširene,
spajaju obale
i ljudske sudbine.

Najjači su mostovi
satkani od ljubavi.
Oni su spone
od srca
do srca,
od dobrote
do ljepote,
od čovjeka do čovjeka.

Preko mosta
ne valja
ljutit odlaziti,
vratiti se možda
jednom zaželimo.
Iznad hladne vode
malo zastanimo,
naprijed ili natrag
onda odlučimo...

Prema cilju krenimo
kad slijedimo snove
il' se ipak vratimo
dok imamo kome.

Zadar, 2015.

Naša zvijezda

Kažu da svi imamo
na nebu beskrajnu
neku zvijezdu svoju,
treptavu i sjajnu.

I krećemo za njom
na krilima jutra,
za vrelima nade,
trčeći u sutra.

Nek stalno treperi
krasotica noći,
najbudniji putokaz
u dvojbi
samoći.

Iz visina plavih
i zvjezdanog praha
krasi naša praskozorja,
prati smjer koraka.

Zadar, 2015.

Oblak

Pahuljasti
oblak bijeli
obletio svijet cijeli.
Nije znao gdje bi stao,
livadu je ugledao.
Zadivljeno je lebdio
pa se malo odmorio.

Zavolio livadicu
i potočić što krivuda
i šareno malo cvijeće
kojega je bilo svuda.

Ne zna što bi od života
neiskusan oblak bijeli,
bi li visom u visine
ili vjetrom u daljine...

Vitki jablan nije znao
kakav bi mu savjet dao.

Dok je tako razmišljao,
kišni oblak je postao.
Pogledao livadicu
i onda je zaplakao.

Poslije kiše
srebrn mjesec među zvijezde
zaplovio.
Livada ni znala nije
da je oblak nju volio.

Ogledalo duše

Oči su kao beskrajno more
i vrtlog kapljica
i u njemu slatko sanja
školjka bisernica.

Nježni
blagi
smireni
pogledi od svile
u oku odmaraju,
u tišini drijemaju.

Kad ih tuge dotaknu,
suze mjesta nemaju.
Ti biseri,
ti kristali
u oku zablistaju
pa niz obraz padaju.

Ponekad su poput leda
i pune su prijekora,
a često i bunar straha,
nijeme ljutnje
nemira.

U njima je zagrljaj
kad utjehu pruže.
Zato kažu da su oči
ogledalo duše.

Zadar, 2016.

Raširi ruke

Raširi ruke kao da su krila
dok zora još ružičasto sanja,
zrakama sunčanim
proljeće probudi
i prva mala lastavica budi.

Oblake u plesne haljine odjeni
da se njišu vjetru u njedrima,
livadom snova
valcer zapleši,
poleti
i leti...

Naći ćeš me zagrljenu
u rukama južnih vjetrova,
u pletenici ljubavi i nade.
Postani boja mojim očima,
najljepši san mojim noćima.

2007.

Prve ljubavi

Prve ljubavi kroz život nas prate,
bude u nama misli od svile
lijepe i nježne,
baš kao bijele pahulje snježne.

One su plaho držanje za ruku,
prvo pisamce skriveno u klupu,
sidro za naše mladenačke snove
dok srce ne probude
ljubavi nove.

I kad su duge i kad su kratke
bude u sjećanju
uspomene slatke.

Ako duša zaželi
u prošlost se sakriti,
ondje će i naša
prva ljubav biti.

Prve su ljubavi
lijepe i nježne,
baš kao meke
pahuljice snježne.

Zadar, 2010.

Želje na obali

Obala
opijena suncem,
blistava od morske pjene
pruža tajni zaklon,
čuva uspomene.
Na trenutak vraća
izgubljeno vrijeme.

Kad se valovi
prospu po žalu
i mrak se nad njim sklopi,
u svakoj ledenoj kapi,
u vjetru,
u mrazu,
bezbroj se želja rodi.

Baš kao u snu,
jave se neke oči
meke
i podmitljive.
Piruju ukradeni pogledi,
tišina miruje,
a u novo jutro sunce boje rađa,
posipa zlatno svjetlo
po obali...
Po latici...
Po pahulji...
Po želji...

Zadar, 2017.

Kao da se život ispričava

Među listovima stare bilježnice
usahli cvijet otvori
plava sjećanja
kao raspuknute oblake
i nađe mladost
koja se sakrila u prošlosti.
U prvoj rosi budi se cvijeće
koje se laticama poljubi,
a pahuljaste maslačkove glavice
prepuštene vjetru
lete u plave daljine
pa mi od mirisa i sjećanja
duša zapjeva...
Sakrijem lice u ispletene snove
i znam da sam tvoja polja,
i tvoje more,
i tvoja proljeća,
i tvoje zore.
Dolutam u tvoje oči
koje me jednako vole,
a tvoja meka duša
osluškuje nova svitanja,
u kojima smo vezani
kao brod i galebovi.
I kao da se život ispričava...

Zadar, 2019.

NAŠ IZVOR LJUBAVI

Još ću te čekati
(Za moga supruga)

Po sjenovitoj zelenoj šumi
sumrak tiho paučinu stere.
Blijedi se pojavi mjesec
i prva zvijezda sjajna.
Dođi,
ova je noć bajna.

Ti što grliš najljepše,
ti što voliš najljepše,
ti što šutiš najljepše,
ti što najtoplije ruke imaš,
ti što ljubav pružaš
da se ne zaboravlja,
ti što ljubav u čaroliju
pretvoriš,
od riječi i nježnosti
najljepši kolaž
napraviš...

Pa neka odmakne vrijeme
i neka prođu sati,
još ću te čekati!

Zadar, 2017.

Mojoj djeci

Vi ste najljepše
što za život se može vezati,
sunce što ne gubi sjaj.
Nikada nećete prerasti
majčin zagrljaj.

Vi ste moj uzdah
i sreća,
i osmijeh,
i glas moj.
Vi ste zrak koji udišem
i spokoj,
i nespokoj.

Svakom mom danu pečat dajete,
bojite ga u najskladnije boje,
nigdje se ne možete sakriti
od misli
i ljubavi moje.

Vi ste željeni,
uvijek voljeni.
Vi ste baš na svijetu jedini
i sebi uvijek
budite posebni.

Ma koliko teško bilo,
ne dajte nikom da gazi vas!
Pamtite onu izreku poznatu
"Samo nebo je iznad nas!"

2019.

Tebi djevojčice
(Za moje unuke)

Ti svijet dušom grliš,
uz vjetar se privijaš.
Tisuće iskrica
u tebi gori.
O čemu razmišljaš?

Ko zvrk si nemirna,
krivudaju staze tvoje.
Nešto te vuče daleko
i ne slutiš
da daljine imaju
svoje nove daljine
i u traženju
prolete godine.

Taj nemir što te zove
možda je nalik nečemu iz raja.
Dok te daleka čežnja vuče,
putevi nemaju
ni putokaza
ni kraja.

Kada se sasvim smrači,
u zvijezde se zagledaj.
Tamo je svjetlo,
a tamo je i tama...
Razgrni sve pred sobom,
postani oko svojega oka
i to za čime tragaš
odaberi sama.

Zadar, 2018.

More i Nelica
(Za moju unuku)

Jednom se kupanja
jako uplašila
Antonela moja,
unučica mila.

More tako veliko
pa "zločesti" vali
prevrnuli Antonelu
i njen brodić mali.

Više more ne voli
nit mu se veseli.
Kada treba u more
kaže da ne želi.

Pustili je malo
da odahne duša
pa jednoga dana
baka s njom pokuša.

Tražile su gdje se
male školjke kriju,
onda u plićaku
nekoliko otkriju.

Zajedno su iz mora
školjke izvadile
pa ih u malu
kanticu spremile.

Malo se opustila
i školjkice gleda.

Onda reče:
"Prljave su,
oprati ih treba."

Pljuskale su ručice
i školjčice prale
pa počela tražiti
druge školjke male.
Školjkica pa pužići,
pužić, opet školjkica,
neće više iz mora
naša mala Nelica.

Zadar, 2019.

Mornareva ljubav
(Za Roka mladoga mornara, moga nećaka)

Opet brodom plovim ja,
takva mi je sudbina.
U mislima mojim si,
čuvali te anđeli.

Kad me more doziva,
ja ne mogu bez njega.
Zlato moje, shvati me,
bez tebe je najteže.

Milo moje, mornar sam,
barem dođi mi u san
da te u snu
zagrlim
i sretan se probudim.

More bijesni, luduje,
tvoja ljubav grije me,
bijeli galeb prati me,
srce moje zove te.

Milo moje, mornar sam.
Ja te u snu dozivam
i u snu te poljubim
pa se sretan probudim.

Kad me čežnje dohvate,
prospem ih u oblake,
neka tebi putuju,
mjesto mene miluju.

Milo moje, mornar sam.
Opet dođi mi u san
da te u snu
zagrlim
i sretan se probudim.

Zadar, 2019.

Kad si odlazio, tata...

Mama je šutke u smeđu "valižu"
slagala robu tvoju,
ti si uzimao naše slike
i "madrikulu" svoju,
kad si na brod odlazio,
tata.

U meni se iz mira
nemir rađao,
pa sam te tražila u snovima
po nemirnim morima
i velikim brodovima,
koju su te nosili
prema dalekim lukama,
kad bi otišao,
tata.

Tražila sam sunce
iza krovova,
tražila pogled pun
ljubavi tvoje,
u kojem su se gnijezdile nade moje.
Srcu uvijek blizu si bio
dok si radeći teško
tuđim morima plovio,
tata.

A onda jednoga dana
u starosti dubokoj,
od života krila
dobio ti si,
zauvijek otplovio
u more nebesko
i više se nikada vratio nisi,
tata.

Zadar, 2019.

Nacrtana baka

Nisam kao druga djeca
doma baku imala.
Daleko je živjela,
puno mi je falila.

Dolazila meni baka
ponekad u san,
ja sam baku željela
baš za "svaki dan".

Pjesmicu o baki
učila sam napamet,
cijelu sam naučila
i dobila pet.

A kada je trebalo
nacrtati baku,
ja sam se rastužila,
plakati sam počela.

Crtala sam,
brisala,
bojicama bojila.
Kad je bila gotova,
doma sam je odnijela.

Pa kraj svoga kreveta
za utjehu svaku,
imala sam barem
nacrtanu baku.

Studeni 2017.

Naša mačka i lastavica

Imali smo mačku
žuto-bile boje,
uvik je izvodila
vragolije svoje.

Mami ribu krala,
mliko prolivala,
koltrine parala
i repce vaćala.

Da u letu ćapne repca,
prežila bi cile ure.
Ma ga ne bi uvatila,
bubnula bi s balature.

Dočekivala se na noge
baš kaj mačka prava.
Ni je nikad
od udarca
zabolila glava.

Jednog dana počela je
"mirit" lastavice
što su kraj nje tićima
nosile mrvice.

Ali ovog puta
nije bila spora,
ćapala je lastavicu
i biž priko dvora.

U gnjizdu su tići
žutokljuni mali
otvarali kljuniće
i gladni ostali.

Moje sestre i ja
mušice vaćale
da bi malim tićima
malo isti dale.

Još smo se i penjale
na drvene skale,
tužne li smo bile,
sve tri smo plakale.

Oni tatu imaju,
mama reče tada,
koja se baš vratila
nanoge iz grada.

Tako je i bilo,
uzresli su tići
pa su onda morali
daleko otići.

Nikad više nisu se
pod taracu vratili,
možda su na drugom mistu
novo gnjizdo savili.

Mačka sve zaboravila,
maziti se opet tila,
Al' u kuću više
ući nije smila.

Jednog dana nije došla,
ni drugoga nije.
Niko nikad nije dozna
di je pošla, di se krije.

(Istinit događaj iz moga djetinjstva)
Zadar, listopad 2018.

Naš izvor ljubavi
(Posvećeno mojim roditeljima)

I ovog proljeća
u našem dvoru
cvjetali su tulipani
raskošnih boja,
narcise zlatne,
mirisni zumbuli
i ruže bugarke.

Ni pogleda
ni glasa više nema,
na prozorima
nijema praznina.
Uz kuću samotne voćke
i loze
koje vjetar savija.

Ovdje nas samo
još vjetar miluje.
Otišli su dragi, mili.
To je bio izvor naš
na kojem smo ljubav pili.

Sada krademo zaboravu
sve ono lijepo,
sve što smo voljeli
i sve sretne trenutke radosti
da nas bol ne zaboli.

Tamo negdje u visinama
još krila nad nama širite,
vi niste duše zaboravljene
u našim srcima živite.

Snovi i nade
(Šimi)

Tražim te u snovima
pa te slažem u rime,
preletim najdalje daljine,
nađem te kraj najplavijeg mora,
naslonimo se jedno na drugo.
S nama se proteže
sanjiva zora.

Od snova smo naslikali nadu,
nedostajanje pretvorili u sjećanje,
naslonili se jedno na drugo,
ljepotom obojili čekanje.

Počeli smo od pitanja i nade,
snovima darovali krila.
Uzdasima snagu uzeli.
Naslonili se jedno na drugo,
od snova život ispleli.

Zadar, 2018.

Ribice i slikovnice
(za moju unuku)

Dječja mašta
može svašta.
Pa i male ribice
čitati
slikovnice.

Prelazeći preko mosta
blizu ograde,
slikovnica Patriciji
"padne" u more.

Ona širi ručice
pa zbunjeno
reče:
"Sad će male ribice
pročitati
pričice."

Počela je plakati:
"Kad će mi je vratiti?"

"Još ribice
male
nisu pročitale.
Nemoj zlato
plakati,
sutra će ti
vratiti."

Ujutro je dido
malo
požurio,
u obližnjem kiosku
slikovnicu kupio.

Pa kada se
sutradan
iz vrtića vratila,
na stolu je
bila slikovnica mila.

Zadar, 2018.

Uspomene na dida i babu

Tamo gdje Biokovo nebo ljubi,
vezale me uspomene
za kuće pločama kamenim
pokrivene,
maslinama i višnjama zagrljene.

Mojih voljenih sad nema više
ni krijesnica tihih noći.
Vatra u peći ne gori više,
sjeta u duši
uspomene ne briše.

Uvijek mi ovo Božićno vrijeme
vrati uspomene
na lijepe minule dane
u srce zaključane.

I tako pamtim dida i babu,
ispod oraha starog
sjede u hladu.

Baba s krunicom u ruci
za svoje drage Boga moli,
a dide nakrivi kapu,
sa mnom se šali
još samo ovaj dan.
Jer ujutro ja ću poći,
do novog ljeta neću doći.
Opraštati se nikad volio nije,
u plavim očima sjetu krije.
Ujutro iz kuće izlazi što tiše,
da ne vidim
kako suzu briše.

Kad kao rijeka proteče vrijeme,
opet me nađu uspomene...

Svake godine
u ove Božićne dane
u modri papir uvijen
paket bi nam došao
poštom.
Na njemu adresa
krupnim didovim slovima
napisana
malo ukoso.

A u paketu
sve ono
čega u kući ima.
Suhe smokve,
šipak, orasi i mendule,
zlatno ulje i rogač slatki,
male crvene mirisne jabuke
i komad kozjega sira.

Babine ruke naborane
svaki komadić milovale,
umjesto u omot sjajni
ljubavlju omotale.

Zadar, 2017.

Kako se s materon roba prala

Sva se roba skupila,
prala u tri ture.
Nije bilo perilice
da opere
za dvi ure.

Dok se voda na kominu
u bruncu
grijala,
roba se po boji
na vrpe slagala...
Bila,
modra,
škura,
da ne otpušti pintura.

U vruću vodu
šoda bi se stavila
i u baju veliku
onda ulila.

Na drvenoj daski se pralo,
domaćin sapunon nasapunalo
i bruškinon dobro
bruškinalo.

Posli bile robe sve se drugo opralo,
tako ništa nije
šporko
ostalo.

Jope se u baju
bila roba slagala
pa se debljom krpom baja pokrila.
Na krpu se onda
luga stavilo.
Da postane roba
bila
još bi se jajalina
u lug
izmrvila.
Sve se onda varenon
vodon polilo
pa do sutra
tako ostavilo.

Ujutro se najprije krpa s lugom skinula,
onda se kroz bužicu
lukšija izlila.

U vrućoj vodi i šodi
jope se sve opralo,
i bilo,
i škuro,
i sve što je ostalo.

Kada se sve opralo,
u kable se stavljalo
pa glavi na Prokovnik
ražentati nosilo.

U tri vode na bunaru
roba bi se ražentala,
još na kraju roba bila
bi se i brlinala
da bi lipu plavkastu
boju dobila.

Kablom punim robe mokre
uzbrig priko zelenice,
onda doma na taraci
rastriti na žice.

Lako nije bilo,
teško se živilo.
Al' se na čistoću
uvik pazilo.

Zadar, 20.siječnja 2019.

Velebitska bura

Kad na Velebitu bura "zagladi"
bijele pramenove,
sruči se niz vrleti
na sela i more.

U bijesu valove ledene
razbija,
nosi i diže.
Za valom što jaukom nestane
bezbroj novih se niže.

U dimu i pjeni,
uz glasnu huku
valovi se propinju,
sudaraju,
tuku,
i biserne krune od bijele pjene
razbijaju o morske stijene.

Fijuku i dimu maglenom
kraj se ne nazire,
a onda nevoljko
bura se predaje
pa sasvim nježno,
nježno
umorno more miluje.

Uvijek je tako
kad velebitska bura
luduje
i valovima druguje.

Zadar, 10.siječnja 2019.g.

Kožinski maslinari
(U spomen stradalim maslinarima)

Gledam more nemirno, stalno mijenja boju
i želi mi šapnuti tužnu tajnu svoju.

Slušam, more mrmori jedan refren stari:
"U meni se utopili kožinski uljari."

"Kažite mi sada, vi nemirni vali,
zašto ste potopili trošan kajić mali?"

More opet pjeni, šumi refren stari:
"U meni se utopili kožinski uljari."
Pa ispriča priču šumeći polako:

"Jedne kasne jeseni još se magle dižu,
kožinski uljari na školj Ugljan stižu.
Tamo preša melje, zlatno ulje vrije,
sudovi su puni, žele kući prije.

Od zapada tamni oblaci se dižu,
Tome je uznemiren, Jakov samo muči,
Niko dragu zamišlja, Bože ulje drži.

Vjetar se pojačava, more bijesni, huči.
Šime i Marko upiru, veslaju sve jače,
Pere gleda Niku, uzdah mu se čuje:
"Mili Bože spasi nas velike oluje!"

Snažan vihor zaurla, podigli se vali,
u dubini nestali mladi maslinari."

U uljari kožinskoj
zapis stari stoji:
"Poginuše potopljeni godine 1819.
Uhvati ih nevera, vraćajuć se s Ugljana sa mliva maslina."

Zato more ponavlja isti refren stari
da se ne zaborave kožinski uljari.

Studeni 2017.

Bila je to uspomena

Zid kameni stari
oko dvora srušio se.
Davno je u njemu život vrio,
kora kruha dijelila se,
kiše ljetne hladile ga,
suze nijeme topile ga.

Pustim dvorom suha trava,
paučina svud se vuče,
izlizane stare ploče
ostale su ispred kuće.

Prva kuća,
druga kuća.
Nema krova
nema vrata,
samo jedna stara škura
kojom mlati svaka bura.

Sjetno gledam,
slike nižem
pa se meni sad učini.
Vatra gori na kominu,
kroz prozorčić
dim se vije
i komoštre crne vise,
na njima se cripnja grije.

Kao da mi zamiriše
kruh ječmeni crni
vrući
i ugledam babu Boju
kao živu
u toj kući.

Sad zapuše opet bura,
onda škripne
stara škura,
nesta vatre
i komina.
To je samo
uspomena.

Kožino, 2010.

Trilogija mojoj kuntradi
(za moju kožinsku generaciju)

Lagano umiru
kožinske kuntrade,
kao da sve brišu
dodiri od magle.
Pjesmu pišem tebi,
kuntrado mila!
Ti si nama uvijek
bila utočište,
drago igralište,
sigurno skrovište.

U tebi se stalno družilo,
u tebi se na nekoga tužilo,
u tebi se na siđi igralo,
u tebi se naglas smijalo,
u tebi se koji put špijalo,
u tebi se skakalo,
u tebi se sakrivalo,
u tebi se potiho plakalo,
u tebi se rađalo,
u tebi se pomagalo,
u tebi se soli posuđivalo,
u tebi se silno voljelo,
u tebi se u škuriću ljubilo,
u tebi se i rugalo,
u tebi se i svađalo,
u tebi se mirilo,
u tebi se pjevalo,
u tebi se vrijedno radilo,
u tebi se za dragima žalilo,
u tebi se
ŽIVJELO.

Čekaš nas,
vjetrom nam šapućeš
uspomene neprolazne
i riječi neke zaboravljene,
sjetom pomiješane.
U srcima našim ostat ćeš
najdraži mladenački raj
sve dok ovo sunce naše
ne izgubi sjaj.

Zadar, 2014.

Velebit

Velebit ni ove zime
gologlav nije,
prostrana mu kapa
bijela,
zametena glava
cijela.

Na kamenoj glavi blista
snježna kapa
nova,
čista.

Vrhovi snježni
ledene ruke
podižu u visine,
s oblacima se
rukuju.

Kad sunce zalazi,
rumenim zrakama
u purpur zavija
njegove proplanke
i šumarke.
U njedrima kamenim
čuva
legende i bajke.

Nadgleda modro more
i uzburkane smiruje
vale
koji mu miluju
tabane stare.

Tako je moćan
i surov zna biti.
Uvijek je srcu blizu,
a kad sam daleko
voljela bih ga barem
pogledom zagrliti.

Zadar, 2018.

Ljetno jutro u Krnezi

Nad Velebitom se diže
jutarnja maglica
i vjetar je utihnuo.
Sve mirom odiše.

Plavi se nebo
i more se plavi.
S obližnjeg stabla
mala se grlica javi.

Sunčeve zrake
igraju se na lišću,
prosule zlatnu prašinu
na krovove,
na livade,
na more.

Zrakom proleti lastavica,
zasjedne na žicu.
Cvrkuće,
skakuće,
u gnijezdo dolijeće
i brzo probudi žutokljune ptiće.

Krneza, 2018.

Ostala si sama
(Za dragu kožinsku "Koku" ili "Miju")

Jednom kad se nametnu pitanja,
za odgovorima potraga počinje.
U najskrivenije dubine zavirujem
u koje su se tvoje tuge prosule.

Kao da te i sad vidim,
nijemu
i kao zaleđenu,
na trošna vrata naslonjenu.
Kišne se kapi zalijeću u tvoje lice
po kojem klize suze
kao rosa kristalna s gorske litice.

A nekad bi se u tvom pogledu
nebo zaplavilo
i zasjajila ravnica.
U njemu su zore svoj zaklon imale,
a za večeri šumnih
kao na postelji nebeskoj
zvijezde su snivale.

Opijena svjetlom
i simfonijom lijepih riječi
voljela si biti voljena.
A sada u jesen života,
ostala si na starom pragu sama,
zaboravljena
i ostavljena.

Kožino, 5.rujan 2019.

Za moju prijateljicu

Djevojčica si bila ti,
baš kao i ja.
Neka snažna veza
uvijek nas je spajala.

Da se stalno družimo,
načine smo tražile.
I istu smo knjigu
po redu čitale.

Mi imamo uspomena
za života dva,
jedna drugoj uvijek
bile potpora.

Imale smo mlade želje,
snove sanjale,
onda smo životom
svojim krenule.

Otišla si daleko,
mislima te grlim ja.
Veliki ocean
sad nas razdvaja.

Još te zovem Curo,
a ti mene Curice.
Voljela bih da si bliže,
moja prijateljice.

I da kao nekad
zagrlimo vjetar
pa pratimo stazu
kojom zvijezda pada,
da možemo želje
zaželjet i sada.

Ti zaželi jednu,
ja svoju već znam-
zagrljaj kod Branimira
kad preletiš ocean.

Zadar, 14.10.2017.

Moj grad na dlanu

Kamene ulice
mojega grada,
kamena vrata
i kamenu rivu
koju more grli
zavoliš već
na pogled prvi.

Dok koračaš blistavim vrtom
njegovih uspomena,
ljepotu svoju
nudi na starom dlanu,
otvara svijetu naručje svoje,
izaziva divljenje,
i tvoje,
i moje.

Nije uzalud na stari obraz
stoljeća zapisivao,
iz pepela i ruševina
još ljepši nicao,
odvažno prkosio
najjačim burama
i bijesnim olujama.

Zadar je
jedinstveni cvijet
kamenih latica,
satkan od bezvremenskih priča
i raskošnih slika
mora,
sunca
i kamena.

Od njega se nitko ne oprašta lako,
ni posljednji put
ni na vrijeme kratko.

Zadar, 24.11.2018.

Bajka i ja

More i ja sami,
valovi grgolje.
Samo nježno sviraju
Morske orgulje.

Bijeli galeb širi krila
pa sleti na val,
a onda ga dalje nosi
vjetar maestral.

Sunce na zalazu
prosulo je zlatni sjaj,
široko ga more uzme
u svoj zagrljaj.

Nježne niti mjesečine
morem se prosipaju.
Da bajka,
bajka ostane.
Orgulje mi sviraju.

xxx

Noć je tiha valove uspavala.
Ja sam usamljenik,
budim sjećanja,
vraćam vrijeme slušajući orgulje
dok jutrom ne zazvone
zvona svete
Stošije.

Jutrom sunce zlatom pospe
stare krovove.
Probuđeni galebovi prate brodove.

Uzburkano more šumi,
nosi valove,
a orgulje sviraju
skladbe čarobne.

Zadar, 2018.

Kožinska zvona
(Posvećeno mojim roditeljima)

Kad se zora razleti nebom
i zagrli moje selo,
zazvonu zvona,
pozdravljaju novi dan.

Tako je uvik bilo,
s kampanela zovu ona,
na radosti i na tuge
kožinska zvona.

Zadrhti duša
kad zaluncijaju ona,
razlije se kao voda
nepisana melodija
starih zvona.

Za nevere zalimbaju,
kad je požar zabrecaju,
a kad nekog ispraćaju,
stara zvona zajecaju.

Sanjaju ih Kožinjanci
daleko od domovine
pa se njima stalno čini
da ih čuju iz daljine.

Zvonu,
neka zvonu naša zvona
s kožinskoga kampanela!

Zadar, rujan 2015.

Naše divno more plavo

Pjesma za Olivera
(mog učenika poginulog u Domovinskom ratu)

Vrijeme ne briše patnje
dugih ratnih godina
i ništa ne može izliječiti tuge,
ni rana proljeća
ni zime ledene duge.

Ljeto u jesen ulazi,
nemir s vijestima dolazi,
bol za izgubljenima
nikad ne prolazi.

Njihov glas je u pjesmi vjetra,
čuje se u suzama kiše.
Na stajališta kraj ceste
nikad se nisu vratili više.

Ni jedan dječak svijetle kose
očiju plavih kao lan,
klupa mu nešto tijesna bila,
duša široka kao dobar dan.

Modre je snove sanjao,
djevojku možda, još nije ni ljubio,
devetnaest godina imao,
životu se radovao.

U svitanje željene slobode
na vrletima neke planine
položio mladi život
na oltar domovine.

I kamen je plakao tog dana,
u Briševu tužno jecala zvona,
počasni plotun zrakom zaorio,
oblak je Sunce pokrio.

Uzalud bijeli ljiljani,
lampioni i pozlaćena slova
kad u hladnom grobu
od crnog mramora
moj Oliver vječno počiva.

18.11.2018.

Domovino

Vjetar raznosi lišće
pustim ulicama,
u kasnu jesen
uvlači se zima.
Tužne dane broji
moja domovina.

Naša sela popaljena
i zgarišta napuštena.

Neka ruše naša sela,
ubijaju naše ljude,
pjevat će se Lijepa naša
dok i jedan Hrvat bude!

Mi branimo naše more
i sunčanu Dalmaciju,
mi ne damo kršnu Liku
ni zelenu Slavoniju.

Posavina i Pokuplje
zastavu će našu viti,
Slavonija i Baranja
opet će se zagrliti.

I opet će jesen zlatna
bojom šume prošarati,
ponovo će naša mladost
u slobodi uživati.

Zadar, 19.11.1991.

Gardistu moj

Dok zvižde granate,
strepim za život tvoj.
Ti si na prvoj crti,
gardistu moj.

U zalog slobodi
je život tvoj.
Bog neka te čuva,
gardistu moj.

Dok bura raznosi
pahulja roj,
ja samo na tebe mislim,
gardistu moj.

Dok vihor ratni traje
u zemlji voljenoj,
ja ću te željno čekati,
gardistu moj.

Zadar, 1992.

Mojoj Hrvatskoj

Ovo divno nebo modro
zvijezdama se osulo,
sve ljepote ovog svijeta
po tebi je prosulo.

Kao majka golubica
ti visoko poletiš
da zakriliš svoje blago,
da ga zaštitiš.

Te ravnice divne plodne
uz rijeke se prostiru
i planine kamenite
što se nebu uzdižu.

Divna mjesta i brežuljke
što ljepotom blistaju,
bistrooke brze rijeke
koje moru hitaju.

Naše divno more plavo
koje šumori
i otoke ko bisere
što su po njem rasuti.

Tebe ljubim domovino,
zemljo Hrvatska!
Snagom hraniš dušu moju,
za mene si jedina!

Zadar, 2009.

Odlazak
(za sve koji su otišli u tuđinu)

Odlazeći
u meni se raspuknula duša,
glava mi klonula na prozorsko staklo,
iz vida nestaje sve što volim...
I moji voljeni
s tugom u očima...
Dok pored mene promiču slike,
osjećam...
Kao da sam ptica
koja više nema stabla
na koje će sletjeti,
ni izvora na kojem će se napiti,
a ostavljena gnijezda
kao da se na vjetru njišu
i ona će u tuđinu odletjeti.
Zatvaram oči
pa ti vjetrom
dodirujem žita,
pa ti dahom pomilujem šume,
pa još dublje uranjam u misli,
a u sebi nosim zaklinjanje.
Spajat ću i svjetlo i tamu
u snovima tebi dolaziti,
tvoje more grijat će mi dušu,
vratit ću se na polja ljubavi,
odmarati na tvojim njedrima,
tvojem srcu
i duši širokoj.

Zadar, 2019.

SAMO JEDNO JUČER

Da ljubavi nema

Na koga bi zvijezde raskoš rasipale,
kome noći smiraj darivale
da ljubavi nema.

Tko bi vrbi kose rasplićao,
gdje bi srna mogla zadrijemati,
kako ptice gnijezdo savijati
da ljubavi nema.

Tko valove olujne mirio,
tko livade rosom ukrasio
da ljubavi nema.

Bi li mjesec noći posrebrio?
Tko bi tužne nadom utješio,
kome dijete ručice pružalo,
što bi vrijedno na svijetu ostalo
da ljubavi nema.

Zadar, 2017.

Balada iz Malog caffea

Gradom je prolazio
zaljubljeni par.
Pogledi zadivljeni,
pogledi zavidni
njih su pratili.
Oni za njih nisu marili
i svoju su ljubav
živjeli.

Voljeli su se lijepo,
od ljubavi stvorili
najljepši stih.
Oni su voljeli ljubav,
ljubav je voljela njih.

U Mali caffe dolazili,
slušali glazbu s radija.
On je pijuckao crno vino,
a ona maraskino.

Tiho razgovarali,
nježno se u oči gledali,
ponekad za ruke držali.
Onda bi otišli.

Jednoga dana nisu došli.
I nikako poslije više.
Svi su se pitali,
u čudu čudili
gdje li su nestali.

Prošle su godine
i pitanja prestala.
Mali caffe se promijenio,
na mjestu ostao.

Pojavio se jednoga dana
malo pognut,
sijed
i sam.
S bijelom ružom u ruci
poželio dobar dan.

Naručio isto piće,
u njemu oživjelo sve.
Da barem draga dođe
još jednom
u Mali caffe.

Ustao je polako.
Ispio svoje vino.
Na stolu ostala ruža bijela
i neispijen maraskino.

Zadar, 2009.

Ako ljubav nije pobjeda

Dok misliš da imaš
svijet na dlanu,
svaki trenutak sreće
je vječan.
Kad sreća s dlana
isklizne
kao kristalna
kišna kap,
u srcu ljubav ostane,
na licu neki
inat.

Tek onda tišina
progovori,
dobije glas.

Ipak,
stavimo za sumrake
ono
što u oko stati može.
Primi moje ruke
u svoje
jer nemoćna je
svaka utjeha
ako ljubav nije
pobjeda.

Zadar, 2016.

Cvijet iz kamena

Za plavih noći dođeš mi u san-
na kraju naše ulice stojiš,
ne gledaš me,
a srce je moje na dlanu tvom.
Ljubavi moja, živote moj!

Koga sad miluje pogled tvoj
koji me nekad pratio
kada te nitko
nije gledao?

Život nas je rastavio,
ko snažan vjetar zavitlao.
Kao da slušam
riječi daleke:
"Volim te, volim, malena,
ti moj si cvijet iz kamena.
Sunce će te ljubiti,
vjetar s tobom plesati.
Sjeti se nekad, malena,
da moj si cvijet iz kamena!"

2018.

Hoćeš li

Hoćeš li me pogledati
ako se jednom sretnemo
na nekom mjestu
iznenada
i brzo skrenem pogled,
a možda i zastanem
uplašena.

Ako u tvojim očima
još ima hladne boje kamena,
kako ću onda
u dimu sjećanja
spojiti komadiće uspomena?

Hoćeš li se sjetiti
riječi neizrečenih
ako me ipak sustigneš
i ne uspijem se
u vrevi sakriti?
Što ako se opet ponadam
uz tebe stisnuti?

Zadar, 2016.

I sve dok Sunce grije

Dok je sve pokriveno jutrom,
prozore duše otvaramo,
oblake tmurne nadom razgrćemo
da nebo i sunce vidimo
i mirom srce ispunimo.

Sve dok
jedno veliko sunce sviće
za jedan mali cvijet.
I toplo sunce grije
ovaj veliki svijet.

Još nam se sunce smije
i odnosi hladne kiše,
a topli osmijeh
zaklanja tuge nijeme
i odmiče teške misli
u mreže zapletene.

Nećemo postati ono što nismo
sve dok ljubav dušu grije.
Bez ljubavi duša je pustinja samo
i kao da živa nije.

Zadar, 2017.

Kad sanjaš vjetar

Može li itko
srcu zabraniti
da sanja o vjetru,
da ga voli?
Kako ga zaustaviti
da duša
manje boli?

Teško je kad zavoliš vjetar
kojeg nemir vuče
pa bespućima putuje
i sve redom miluje
dok ti sanjaš
zagrljaje njegove,
a on te samo ponekad
takne dahom ledenim,
zamrsi ti misli
i opet nestane.

Ne možeš vjetru pisati
pjesmu
samo da ljubav
skriješ u njoj.
Nemoj više
trčati za njim
jer nikad i nije
bio tvoj.

2017.

Kad su jorgovani cvali

Netko ti namješta
ležaj od snova,
jutro novi
dan donosi.
Poželim vidjeti
rosu u tvom pogledu
i zaplitanje jutra
u kosi.

A ti si negdje daleko.
Daleko od moga
pogleda,
daleko od
mojih ruku,
daleko od mojih
dodira.

Više te ne grlim
rukama,
grli te samo sanjiva duša.
Teže je podnijeti
kad se riječi ne premoste
i srce ne sluša.

Skrivam te
u djeliću srca
sačuvanom
za tvoje nemire
i ono proljeće
kad su jorgovani cvali,
a mi jedno drugome
skrivane
poglede darivali ..

Kutija maslinova

Sve što nam je vrijeme ukralo
zatvorila sam u kutiju
od maslinova drva.
U njoj je i naša uspomena prva.
Najsretnije bajke
i mora zvjezdana,
i tihe čežnje,
i jutra rosom protkana.

Nikad
ne odustaj od mene.
Drži me za ruku,
ponudi mi val
da na njemu zaplešemo.
Zaogrni me u toplinu,
u kosu mi upleti mjesečinu.
U kolijevci snova noći će me zibati,
u skrivenoj škrinjici tebe čuvati.
Gdje god bilo srce tvoje,
bit će i kompas
za misli moje.
Jedino tebi
otvoren je poklopac
kutije moje...

Zadar, 2010.

Lijepo je

Lijepo je,
rasuti slova po listu
i lagano hodati
riječima,
stihovima,
rimama.

Lijepo je,
odmotati misli
čuvane od svijeta,
mekanim oblakom
zaklonjene
od tame i svjetla.

Lijepo ih je pustiti
u visinu
da se ne spotiču
i slobodno vinu
poput ptice,
smjelije od oblaka
i vjetra,
sjajnije od zvijezde repatice.

Lijepo je,
slagati slova u riječi
u sretne rime
nove.
A novo sutra
nek se ljubav
zove.

Zadar, 2016.

Mogu

Mogu zagrliti tvoje misli,
probuditi mir
u tvojim nemirima,
zarobiti sjećanja.
Pa neka nestanu
s nekim prošlim
vremenima.

Mogu
svaki tvoj pogled
uhvatiti,
strepnje tvoje ublažiti
i bremenite šutnje
u riječi pretočiti.

Mogu napraviti
vijenac od pjesme
da tuge oduška imaju
kada samoća noći ogrne,
dok kišne kapi
po staklu skakuću,
a tvoje usne u nepovrat
nečije ime
šapuću.

Mogu s tobom doživjeti
svečanost
zalaska sunca u moru
i biti točka na kraju priče.
Mogu biti i zrak koji udišeš,
samo ruke naše
ne mogu spojiti više.

Nemoj zatvoriti starinska vrata

Ako jednom samo odeš
na pepelu uspomena,
u snove ću zaroniti.
Samo nemoj
starinska vrata do kraja
za sobom zatvoriti.

Kao da i nije vrijeme za zaborav,
još ću te gledati,
još ću te u mislima slušati,
još ću zbog tebe
nova jutra čekati
i snu te otimati.

Tamo gdje nebo završava
uz čipkastu morsku stijenu,
još ću te pogledom tražiti.
Samo nemoj starinska vrata
do kraja zatvoriti.

Zadar, 2009.

Samo jedno jučer

Više ne čekam da svratiš
u dane moje jeseni
dok niski oblaci užurbano kruže,
a u vrtu priklanjaju glavu
i venu
posljednje jesenske ruže.

Naslonjena na snove
pustim misli da lutaju.
Od pogleda do dodira,
od mira do nemira,
od čežnje do utjehe,
od sreće do bola.
Od razgovora do glasne tišine,
od čekanja do nedočekanja,
od sastajanja do rastajanja.

I ovog dana,
što ga sumorna jesen vuče,
slutnja se javlja
i govori mi
da sam ti uvijek bila
samo jedno,
jedno jučer.

Krneza, 2006.

Stranice spomenara

Zašto mi opet dolaziš u snove?
Ne traži me više ni u jednoj zori,
pusti da sanjam ljeto u boru
dok slušam pjesmu cvrčaka u zboru.

Nisi se usudio ništa reći,
ni prepoznao tugu u očima.
Ne prilazi više mojim zorama,
ne traži me u plavim noćima.

Davno su nestali oceani tuge
i mračne noći bez kraja.
Sada živim za dugine boje
i nebo zvjezdanog sjaja.

Uzalud zamišljaš u sjenci klupu,
sakrilo je lišće zaborava.
Nema više našega mjesta,
ostale su samo stranice
jednoga spomenara.

Zadar, 2016.

Vjeruj mi

Kad zasvira vjetar danju,
tražiš li me u sjećanju?

Kada val daleko krene,
sjetiš li se tada mene?
Reci mi.

Prizivaš li jutro noću
a ti skrati tu samoću?
Kad na ruži biser sjaji,
prime li te osjećaji?
Reci mi.

Kada rosa perle niže,
poželiš li bit mi bliže?
Reci mi.

Kad u snovima od svile
još zaželiš oči mile,
bit će kasno.
Vjeruj mi.

2016.

Vrijeme se neće vratiti

"Da mi je vrijeme vratiti..."
ne vrijedi ponavljati.
I kad prestaneš tražiti
nove puteve,
vrijeme se neće vratiti.
I kad se pokušaš sakriti
u nečijem čeznutljivom pogledu,
vrijeme se neće vratiti.
I kad u nekom zaboravljenom gradu
opet procvjetaju lipe
i rijeka lijeno poteče,
vrijeme se neće vratiti.

Uzalud je ponavljati.
Vrijeme se ne vraća,
jedino ljubav
koja se ljubavlju uzvraća.

Zadar, 7. srpnja 2018.

Zbog jedne male sreće

Zbog nečijeg blagog pogleda
i toplih riječi,
kad se noći
u čvor zapletu,
zaželiš sanjati
prošla proljeća
i glasno razgovarati tišinom
zbog jedne male sreće.

Zaželiš
kao u knjizi listati
prohujale uspomene
koje vrijeme
nepovratno okreće,
samo zbog jedne male sreće.

Već se u kosu uplela bjelina
i vrijeme užurbano kreće.
Dopusti da se duša raduje
zbog nečije male sreće.

22.srpnja 2018.

Zato su tužne pjesme ljubavne

Ljubav se s nadom pomiješa,
sreća se oko srca zavije,
onda je nebo
i od neba plavije.

Kad ljubav postane igračka vjetrova
i potonu sve nade,
zaboli ljubav
jer bila je ljubav
i prošla je ljubav.

Noć oživi uzdahe,
oblak mjesec ogrne,
u oku radost ugasne.
Zato su tužne pjesme
ljubavne.

2019.

Misli su poput ptica

Kad se snovi izliju na jastuk,
poput ptica moje misli
lete.
Da je sve prolazno,
one me podsjete.
Jer je život poput duge-
boja sreće,
boja tuge.

Barem u mislima
ljubav svijet pročišćava.
Ne budim se tako
s prazninom
u grudima.

Kruže misli moje kao lake ptice,
od perlica ljubavi
nižu ogrlice
i prenose ljubav
preko svake granice
pa im zato ne trebaju
nikakve putovnice.

Zadar, 2016.

Lirski dnevnik nadanja i snova

Ocjena rukopisa zbirke poezije Rukoveti ljubavi Anke Zekanović

Pokušati dosegnuti nečiji poetski svemir znači zaviriti u njegov skriveni svijet, svijet omeđen njegovim mislima i osjećajima. U isto vrijeme, znači, zaploviti na njegovim spoznajama, slikama, porukama; na trenutak bar – misliti njegovu misao, (iz)disati njegov stih. Ne znam koliko mi je to uspjelo listajući, čitajući, doživljavajući i proučavajući šezdesetišest pjesama Anke Zekanović ukoričenih u zbirku poezije pod nazivom **Rukoveti ljubavi**. Naime, radi se o tri rukoveta (buketa) stihova koji su u isto vrijeme isti i različiti. Isti po stilu pisanja, strukturi-arhitektonici pjesme, a različiti po motivsko-tematskim odrednicama, vokabularu, pjesničkim slikama... Možda je razlog u tome što ih je autorica u svoju poetsku ogrlicu nizala kroz duži niz godina, od 1991. do 2018., a s protokom vremena s nama se, htjeli mi to priznati ili ne, i lirski subjekt (ne) mijenja. Bilo kako bilo, zbirka je doplovila do čitateljskog valovlja.

Zbirka **Rukoveti ljubavi** sadrži 66 pjesama ravnomjerno raspodijeljenih u tri rukoveta-ciklusa i to: **Sanjarenja** (17); **Naš izvor ljubavi** (28) i **Samo jedno jučer** (21).

Prvi ciklus **Sanjarenja** počinje pjesmom **Bagrem miriše** koja vizualno odiše jutrom koje se budi, otvorenim prozorom i mirisom bagrema koji ulazi u sva čula. Atmosfera tj. ozračje iz prve pjesme proteže se kroz cijeli ovaj ciklus, a susrećemo ga i kasnije.

U svim je pjesama Anke Zekanović mnogo sunca, zvijezda, rosnih jutara, sjaja u travi..., onoga sjaja iz djetinjih i mladenačkih snova (**Buđenje**); romantike: *"...da mi je kupiti brodić mali, maleni.../ da me na otočić snova odnesu valovi..."* (**Da mi je...**), uspomena, sjećanja (**Kao ja...**) ili osobne, individualne (**Raširi ruke**) ali i univerzalne ljubavi (**Mostovi**).

Pred nama se prostire poetizirani prikaz života u prirodi, s pastoralnim (bukoličkim) scenama (**Oblak**), ugođaj sklada i ljepote u prirodi (**Masline**), nepomućen život..., idila. Otuda i demunitivi u pjesmama: ... *haljinica, kamenčić, brodić, otočić, livadica, potočić, cvijetak...*, apostrofiranje malenosti (... *mali, maleni...* (*brodić*)) ... ili ponavljanje riječi (... *a bagrem i dalje miriše, miriše...*) ili tri točke na kraju stiha kao pravopisni znak koji poziva na emocionalnu stanku i poručuje nastavak, osobni stav, osjećaj...

Nešto drugačije su pjesme: **Moj naklon svijetu** (*"da pod ovim našim Suncem / svatko ima komad neba..."*) u kojoj iščitavamo žal zbog rasapa pojedinca i društva te **Raširi ruke** s akcentom na pritajenom ljubavnom pripadanju (*"naći ćeš me zagrljenu / u rukama južnih vjetrova,/ u pletenici ljubavi i nade. / Postani boja mojim očima, / najljepši san u mojim noćima..."*) iako i jedna i druga pjesma po logičkom nizu pripadaju „sanjarenju".

U ovom ciklusu lirski subjekt nekoliko puta sugerira tijesnu blizinu intimnog i javnog, osobnog i izvanjskog, nutrine i vanjštine, sadašnjosti i prolaznosti, diskretno najavljujući daljnji vrlo raznolik tematsko-motivski razvoj zbirke. On je u središnjem buketu pjesama kojega je autorica naslovila **Naš izvor ljubavi**.

U posvetnoj prvoj pjesmi ovoga ciklusa (**Još ću te čekati**) i stihovima: „*Ti što grliš najljepše / Ti što voliš najljepše / Ti što šutiš najljepše / Ti što najtoplije ruke imaš / (...) Pa neka odmakne vrijeme / I neka prođu sati / Još ću te čekati!*" autorica sugerira sublimaciju ljubavi kroz svoga supruga, a potom kroz svoju djecu (**Mojoj djeci**), roditelje (**Naš izvor ljubavi**), unuke i na koncu – domovinu (**Mojoj Hrvatskoj**).

Time na najbolji mogući način objašnjava posvojnu zamjenicu „naš" u naslovu ciklusa. To „naš" nije samo njezin izvor, on je izvor života. On je i naš izvor. On je izvor u kojemu se prepoznajemo.

Pjesme ovoga ciklusa su intimističke (**Uspomene na dida i babu**), a izdvajaju se i pjesme šaljivoga tona (**More i Nelica**), didaktički intonirane (**Tebi djevojčice**) te pjesme za djecu (**Nacrtana baka; Naša mačka i lastavica; Ribice i slikovnice; Velebitska bura; Za moju prijateljicu**). Nekoliko je pjesama pisano na materinjem jeziku tj. govoru prigradskog mjesta Kožino kod Zadra (**Kako se s materon roba prala, Kožinski maslinari, Kožinska zvona, Trilogija mojoj kuntradi**), a naročito su dopadljive i vjerodostojne domoljubne (**Velebit, Gardistu moj, Domovino, Pjesma za Olivera**).

U završnom dijelu ciklusa čitamo najdojmljivije pejzažne lirske stihove u **Jutro u Krnezi**: „*Zrakom proleti lastavica / zasjedne na žicu./ Cvrkuće... Skakuće... u gnijezdo dolijeće. / i brzo probudi žutokljune ptiće.*" Kroz pjesmu se, po tko zna koji put, provlači neposredna komunikacija s prirodom i vizualiziraju slike jutra u Krnezi.

Nakon toga, ništa nije primjerenije negoli završni ciklus nazvati **Samo jedno juče.** S naglašenom, a nenametljivom, toplinom autorica opisuje (opet) jutra: *"dok je sve pokriveno jutrom / prozore duše otvaramo..."* (**I sve dok sunce grije**) svjesna da je *"bez ljubavi duša pustinja samo / i kao da živa nije"*... Osjećaj za prirodu, pejzaž (jutro, sunce, vjetar, obale, cvrčka..) te opredjeljenje da *"ljubav svijet pročišćava"* (**Misli su poput ptica**) motivski se proširuje u pravu ali diskretnu ljubavnu poeziju. Ljubav je ovdje oslonac i tematsko-motivski aktivator, makar mjestimice zvučala "starinski" (*"jer nemoćna je svaka utjeha / ako ljubav nije pobjeda"*), platonski (*"uvijek ćemo se samo gledati / uvijek pratiti / isto nebo dijeliti / istom maglom pokrivati / a nikad sastati*).

Iz te samozatajnosti, u pjesmi **Kad su jorgovani cvali** referira se na potisnuta sjećanja, vrijeme čekanja, nadanja, propuštenih trenutaka..., priziva ih i želi *"otrgnuti stranicama spomenara"*. Međutim, vrijeme neumitno prolazi pa i ciklus i zbirka završavaju pjesmama **Vrijeme se neće vratiti, Zbog jedne male sreće** i **Zašto su tužne pjesme ljubavne.**

Lirska dijagnoza ozračja i pisanja Anke Zekanović su **Snovi i nade** (istoimena pjesma iz drugoga ciklusa): *"Potražim te u snovima / pa te slažem u rime / proletim najdalje daljine (...)"*. Pred nama je projekt stihovnog prožimanja njezine intime i stvarnosti, njezinih snova i nadanja, onog poetskog svemira s početka teksta, čitljiva kombinacija privatne ispovijesti i pjesničkog angažmana. Pjesnikinja nas često nostalgično vodi u svijet intime otvarajući jednu po jednu stranicu zatočenih sjećanja, emocija. No, općenit je dojam da se radi o pjesmama vrlo bogatim raznim utiscima, vrlo osobnim i ogoljujućim stihovima, i o pjesništvu koje nam pruža okusom neko novo čitalačko iskustvo. Čak i kada njezina poezija komunicira "samo" određeno idilično ozračje, čini mnogo više negoli suvremeno pjesništvo koje nerijetko komunicira svoju nekomunikativnost.

Zbirka **Rukoveti ljubavi** je nešto poput lirskog dnevnika. Lijepo je ostavili trag u vremenu u kojemu smo živjeli, vjerovali, nadali se, sanjali, čekali.... Vođena inspiracijom Anka Zekanović istkala je svoje poetsko štivo tražeći na tom putu boje u koje će obući stihove, igrajući se rimom, ritmikom... U njezinim pjesmama sve poskakuje, lepršaju riječi, boje, mirisi. Puno sinestezije u njima doprinosi da lirske slike pred našim očima djeluju dopadljivo, neobično, a opipljivo. Njezin je jezik pitak, a daleko najuspjelije pjesme pronalaze se u središnjem dijelu zbirke zbog autobigrafičnosti teksta.

Poezija kojom progovara po svemu je svjetovna, a rječnik protkan jednostavnim riječima u osnovnom značenju.

U njima nema prejake metaforičnosti niti simbolike, ali to ne umanjuje njihovu „težinu" jer upravo su te riječi dostojne i dovoljne za prikazati nam svu ljepotu življenja u skladu s prirodom i svojim emotivnim stanjima.

Poezija Anke Zekanović uglavnom je strofična. Strofična lirska forma u potpunosti odgovara autoričinom iskazivanju misli. Bez teških metafora, za oslikavanje svog svijeta koristila se vizualnošću i koliko god se trudila (ali i mi) pratiti tijek života, uvijek se okreće u prošlost tražeći odgovore, razloge, a ponajviše sjećanje na nadanja i snove. Čitavim spektrom intimističkih osjećaja u različitim raspoloženjima i nizom sjetnih refleksivnih stihova, te naslovom zbirke, Anka Zekanović želi da joj ljubav ostane životno središte i uporište.

Sa stihovima Anke Zekanović lako se je identificirati. Hodati stazama njezine poezije zanimljiva je i lijepa avantura u kojoj vas ne čekaju oluje i ponori, nego fino istkano pletivo života kojim ona komunicira s čitateljem, pa i onda kad su teme manje fine, iako je takvih malo. Svojom specifičnom stihovnom lirikom oblikovala je identitet svoga lirskog subjekta – nježne žene koja svemu oko sebe pjeva optimistično, diskretno, nenametljivo, ponizno, ženstveno. Na trenutke mi se čini da je ovo stihovlje nastalo u nekom drugom vremenu i da bi joj uistinu odgovarao pastoralni stil.

Rukoveti ljubavi su prva zbirka poezije Anke Zekanović s kojom je hrabro iskoračila na hrvatsku književnu pozornicu. Poželimo joj ono što i sama kaže u pjesmi **Lijepo je**:

„Lijepo je... rasuti slova po listu i lagano hodati riječima... stihovima... rimama...".

Uistinu je lijepo „hodati riječima". Čitajući ove pjesme – čitajmo ih tiho, pogleda zagledana u ljepotu življenja, u rukoveti svojih ljubavi.

Elvira Katić, prof.

Zadar, 25. svibnja 2019.

Životopis Anke Zekanović

Anka Zekanović (r. Matijašević)
rođena u Kožinu 1. listopada 1943. godine
od oca Marinka i majke Marijane.
Osnovnu školu završava u svom rodnom Kožinu,
a Učiteljsku školu i Pedagošku akademiju,
smjer razredna nastava u Zadru.
Poslije završetka školovanja, kao učiteljica razredne
nastave radi kratko na području Ražanca, a zatim dugi
niz godina, u vrlo teškim životnim i radnim uvjetima na
području Benkovca.
1981. dolazi u Briševo područnu školu OŠ Smiljevac, a
1991. u centralnu školu u Zadru i tamo službuje do
odlaska u mirovinu 2007. godine.
Pisati je počela još u osnovnoj školi.
Pjesme su joj objavljivane u tadašnjem Glasu Zadra i
Modroj lasti.
Jedno vrijeme prestaje pisati, tek ponekad za svoju dušu.
Od umirovljenja opet pronalazi ispunjenje u pisanju
poezije.
Iako je u modi pisanje poezije bez rime, ona se nje ne
odriče i igrom stihova kao da želi zadržati harmoniju i
pjesničku estetiku.

Rukoveti ljubavi prva je zbirka pjesama Anke Zekanović.